# Der verkleidete Dichter. Aphorismen und kurze Stücke

## Aphorismen und kurze Stücke

Egon Friedell

# Impressum

Autor: Egon Friedell
Umschlagkonzept: toepferschumann, Berlin

Verlag: tredition GmbH, Hamburg
ISBN: 978-3-8424-8979-0
Printed in Germany

Tucholsky Wagner Zola Scott Sydow Freud Schlegel
Turgenev Wallace Fonatne

Twain Walther von der Vogelweide Fouqué Friedrich II. von Preußen
Weber Freiligrath

Fechner Fichte Weiße Rose von Fallersleben Kant Ernst Frey
Richthofen Frommel
Hölderlin

Fehrs Engels Fielding Eichendorff Tacitus Dumas
Faber Flaubert

Feuerbach Maximilian I. von Habsburg Fock Eliasberg Zweig Ebner Eschenbach
Ewald Eliot Vergil

Goethe Elisabeth von Österreich London
Mendelssohn Balzac Shakespeare Dostojewski Ganghofer
Lichtenberg Rathenau Doyle Gjellerup
Trackl Stevenson Hambruch
Mommsen Tolstoi Lenz Hanrieder Droste-Hülshoff
Thoma von Arnim

Dach Verne Hägele Hauff Humboldt
Karrillon Reuter Rousseau Hagen Hauptmann Gautier
Garschin
Damaschke Defoe Hebbel Baudelaire
Descartes Hegel Kussmaul Herder
Wolfram von Eschenbach Schopenhauer
Bronner Darwin Dickens Rilke George
Melville Grimm Jerome
Campe Horváth Aristoteles Bebel Proust
Bismarck Vigny Barlach Voltaire Federer Herodot
Gengenbach Heine
Storm Casanova Tersteegen Grillparzer Georgy
Lessing Gilm
Brentano Chamberlain Langbein Gryphius
Strachwitz Claudius Schiller Lafontaine
Bellamy Schilling Kralik Iffland Sokrates
Katharina II. von Rußland Gerstäcker Raabe Gibbon Tschechow
Löns Hesse Hoffmann Gogol Wilde Gleim Vulpius
Luther Heym Hofmannsthal Klee Hölty Morgenstern
Roth Heyse Klopstock Goedicke
Luxemburg Puschkin Homer Kleist
La Roche Horaz Mörike Musil
Machiavelli Kierkegaard Kraft Kraus
Navarra Aurel Musset
Nestroy Marie de France Lamprecht Kind Kirchhoff Hugo Moltke
Nietzsche Nansen Laotse Ipsen Liebknecht
Marx Ringelnatz
von Ossietzky Lassalle Gorki Klett Leibniz
May vom Stein Lawrence Irving
Petalozzi
Platon Knigge
Sachs Poe Pückler Michelangelo Kock Kafka
Liebermann
de Sade Praetorius Mistral Zetkin Korolenko

# Der protokollierte Schriftsteller

Mit der Schriftstellerei hat sich in den letzten Jahrzehnten eine bemerkenswerte Wandlung vollzogen. Nach vielen Kämpfen und Mißhelligkeiten ist sie jetzt endlich ein Beruf geworden, ein ehrlicher, wohlakkreditierter Beruf wie jeder andere; mit bestimmten technischen Fähigkeiten und Fertigkeiten, straffer innerer Organisation und fortlaufenden gewerblichen Traditionen. Man hat den Dichter sozusagen in die Matrikeln der menschlichen Gesellschaft aufgenommen. Und nicht bloß moralisch, das Dichten ist auch ein nationalökonomischer Wert geworden. Der »darbende Dichter« kommt heute nur noch in der »Gartenlaube« vor. Wie seinerzeit das Dachstübchen die unvermeidliche Begleiterscheinung des Poeten war, so gehört heute zu einem richtigen Dichter die Villa. Anfangs war der schreibende Mensch einfach ein Verfemter gewesen, verfemt und befeindet, wie es alle neuen Dinge sind; man witterte in ihm irgendeine geheimnisvolle, auflösende Kraft. In der Tat hat ja auch dieser Instinkt vollkommen recht gehabt: die Schriftsteller machten die französische Revolution, stürzten das Papsttum und begründeten die Sozialdemokratie. Niemand anderer hat diese gefährlichen Dinge in Szene gesetzt als diese Taugenichtse, die nur so neben dem Leben herumzulungern schienen. Kein Wunder, daß sie zunächst als eine höchst verdächtige Gesellschaft angesehen wurden. Aber aus siegreichen Revolutionären werden bekanntlich immer im Verlauf der Entwicklung wohlangesehene Machthaber und Konservative. Heute zieht jedermann vor dem Schriftsteller den Hut, niemand bezweifelt seine bürgerliche Existenzberechtigung; und sie selbst bilden eine geschlossene Zunft, mit Qualifikationsattesten, Gesetzen gegen unlauteren Wettbewerb und wohlgeordneten Produktions- und Konsumverhältnissen, wie die anderen Gewerbetreibenden. Selbst die Zeit, wo man im Dichten eine Liebhaberei und Nebenbeschäftigung, eine Art Gesellschaftsspiel für Erwachsene sah, ist längst vorüber; sie sind heute die ernstest genommenen Menschen von der Welt.

## Gefühl

Von zwei gleich gescheiten Menschen wird derjenige den weiteren Horizont haben, der mehr Herz hat. Mit anderen Worten: Wärme dehnt aus.

## Originalität

In geistigen Dingen entscheidet niemals das Was, sondern immer nur das Wie. Das Genie tut den letzten Spatenstich: das, nicht mehr und nicht weniger, ist seine göttliche Mission. Es ist kein Neuigkeitenkrämer. Es sagt Dinge, die im Grunde jeder sagen könnte, aber es sagt sie so kurz und gut, so tief und empfunden, wie sie niemand sagen könnte. Es wiederholt einen Zeitgedanken, der in vielen, in allen schon dumpf schlummerte, aber es wiederholt ihn mit einer so hinreißenden Überzeugungskraft und entwaffnenden Simplizität, daß er erst jetzt Gemeingut wird.

## Materialismus

Ich schrieb einmal folgendes: »Der Mensch ist ein ewiger Gottsucher. Was man auch sonst von ihm aussagen wollte, wäre sekundär. Denn aus dieser einen Quelle strömt alles, was er tut und unterläßt.« Der Setzer aber druckte: »Der Mensch ist ein ewiger Goldsucher.« Dieser Druckfehler war wirklich und wahrhaftig vom Teufel, und zwar von jenem Teufel, der nicht bloß das Gedruckte regiert, sondern auch das Geschriebene, und nicht bloß das Geschriebene, sondern auch die Gehirne derer, die es schreiben, und nicht bloß die Gehirne, sondern auch die Seelen, und nicht bloß die Seelen, sondern die ganze Welt. Kurzum: das Tragische dieses Druckfehlers bestand darin, daß er keiner war.

## Literatur

Eine Dichtung ist nichts anderes als eine Aufforderung an das Publikum, zu dichten. Je mehr Spielraum sie gewährt, je mehr Stellen sie offen läßt, desto bedeutender ist sie. In jedem Versteher erwächst ihr ein neuer Dichter. Tausend Auffassungen sind möglich, und alle sind richtig.

# Reisen

Der Reisende »sieht sich die Welt an«: aber das hat zur Folge, daß er sich die einzige Welt, die wirklich ist, nämlich seine eigene, niemals ansieht! Deshalb hat auch die Legende für die größte Sünde, die Ahasver beging, als er dem guten Heiland das Dach verweigerte, die schrecklichste Strafe ersonnen und ihn zum ewigen Weltreisenden gemacht.

## Der verkleidete Dichter

Die Menschen sind sehr sonderbar. Sie irren mißlaunig und ratlos umher und suchen nach Kunst und nach Dichtern. Sie wollen ihr Leben erhöht sehen, den Sinn der Stunde erklärt wissen, Schönheit erblicken. Sie blättern in alten Büchern; aber die reden zu Menschen, die längst Gerippe geworden sind. Sie spähen ängstlich und angestrengt aus, ob sich nicht am Horizont ein neues Licht zeigt. Es zeigt sich nicht. Denn am Horizont – nein, da ist es nicht zu finden. Sondern es müßte mitten unter ihnen, neben ihnen, in ihnen selbst – da müßte es aufleuchten. Da aber suchen sie es niemals. Ein Dichter, denken sie, muß aufsteigen wie eine ferne, blendende Prachtsonne, in blutigroten, pompösen Farben. Es gibt aber keine »pompösen Dichter«.

So machen es die Menschen in allem. Sie erwarten immer etwas »Besonderes«. Das Besondere ist aber die dahinrinnende Stunde, auf die sie niemals achten. Sie begeben sich auf große Reisen und betrachten absonderliche Pflanzen, fremde Tiere, exotisch gebaute Städte, andersfarbige und andersdenkende Menschen. Diese Dinge gehen sie aber gar nichts an. Was sie allein etwas angeht, das ist ihre kleine Stube mit den tausend Lappalien und Nichtigkeiten, die aber die ihrigen sind. Dies gehört ihnen: nichts anderes. Sie suchen den ganzen Planeten nach Poesie ab und finden nicht ein Stückchen; inzwischen aber sitzt in ihrem Zimmer die Poesie und wartet, wartet unaufhörlich und vergeblich.

Und ihre Dichter warten ebenso vergeblich. Sie gehen inkognito unter ihnen herum wie die Könige in den Anekdoten. Sie sprechen mit dem Volk, das Volk antwortet ihnen kaum und sieht an ihnen vorbei. Später kommt dann einer und erklärt den Leuten, wer das gewesen sei. Aber inzwischen hat sich der verkleidete König längst davongemacht. Zweihundert Jahre nach Shakespeares Tode kamen einige Menschen und sagten: »Ja wißt ihr denn, wer dieser kleine Schauspieler und Schmierendirektor war, von dem seine Zeit nichts aufbewahrt hat, als daß er einmal wegen Wilderns in Untersuchung war? Es war William Shakespeare!« Da waren alle sehr erstaunt, aber Shakespeare hatte sich längst davongemacht.

Das, was von einem Dichter »bleibt«: seine dürftigen und mühseligen Aufzeichnungen – das ist der am wenigsten wertvolle Teil seiner Persönlichkeit. Es sind ein paar dünne Licht- und Wärmestrahlen; nicht die Licht- und Wärmequelle selbst. Freilich leuchtet und wärmt diese, auch erkaltet, noch weiter; aber das liegt nur daran, daß ihre Strahlen so langsam zu uns dringen.

## Theatrum mundi

Oft beobachte ich von meinem Fenster aus die gegenüberliegenden Fenster. Ganz gleichgültige, fremde, unbedeutende Menschen tun dort drüben fremde, unbedeutende und gleichgültige Dinge: sie öffnen Schränke und schließen sie, machen sich rätselhafte Handreichungen, gehen ab und zu, flüstern miteinander oder sitzen bloß unbeweglich da. Da war zum Beispiel ein junges Mädchen: sie zog des Morgens, in der kühlen Frische des noch unberührten Tages die Fenstervorhänge in die Höhe, warf einen kurzen, forschenden Blick auf die Straße und verschwand im Dunkel des Zimmers. Später ließ sie die Vorhänge wieder herab: am Abend, wenn bereits graue Nebel aus den Gassen emporstiegen, oder an drückend heißen Sommernachmittagen, wenn alles Leben still zu stehen schien. Sie war weder ungewöhnlich schön noch ungewöhnlich anmutig; aber während sie diese Dinge tat, umfloß sie stets eine unbeschreibliche Schönheit und Anmut. Dann war da eine einfache Familie, die des Mittags wie ein Bild um den weißgedeckten Tisch saß und des Abends eine große geheimnisvolle Lampe anzündete, die aussah wie der heilige Gral; ferner ein Mann, der den ganzen Tag in Hemdärmeln über einen wackeligen Tisch gebeugt war und schrieb, immerzu schrieb, und eine junge Köchin, die unbekannte Dinge zerschnitt und in einen Topf warf, bisweilen aber plötzlich starr wurde und mit leerem Blick lange vor sich hinspähte, in eine weite, unsichtbare Ferne, und ein kleines Mädchen, das an einer Puppe nähte, und ein anderes kleines Mädchen mit sinnenden Augen, das gar nichts tat: lauter mysteriöse Märchendramen, romantische Schauspiele in zahllosen Fortsetzungen. Man glaubt beim Anblick dieser Phantome unmittelbar den lautlosen Pendelschlag der Schicksalsuhr zu vernehmen. Man erfährt nie, worum es sich handelt, und weiß doch mehr, als man je erfahren könnte. Es sind die vollkommensten Theatervorstellungen der Welt. Sind wir in solchen Blicken dem wahren Kern des Lebens, dem Herzen seines Geheimnisses nicht näher, als wenn wir uns in seine betäubenden und verwirrenden Bewegungen mischen?

## System

Bei einem Denker sollte man nicht fragen: welchen Standpunkt nimmt er ein, sondern: wie viele Standpunkte nimmt er ein? Mit anderen Worten: hat er einen geräumigen Denkapparat oder leidet er an Platzmangel, das heißt: an einem System?

## Kunst

Der wirkliche Mensch ist der Mensch des Tages und des täglichen Lebens, der Mensch der kleinen Wünsche und der großen Lasten, der unscheinbar handelnde Mensch der Werkstatt und der Straße, des Zimmers und des Feldes, der Mensch, der einem Wagen ausweicht, seinen Bekannten grüßt und nach dem Wetter sieht, der soeben an einer Blume riecht, einen Fisch zerlegt oder sich Wasser über den Kopf gießt, dessen Vokabular sich in einem Fundus festgeprägter Phrasen erschöpft, die auf ihre täglich wiederkehrenden Stichworte warten, und dessen mit der Regelmäßigkeit des Pulsschlags sich hebende und senkende Berufsarbeit, obgleich sie nur auf zehn oder zwanzig Menschen eine merkliche Wirkung übt, dennoch nicht nur für ihn selbst Atemluft und Blutnahrung ist, sondern auch für die gesamte Kultur seiner Zeit, die aus nichts anderem besteht als aus der Summation aller dieser winzigen Lebensregungen.

Diesen einzig wirklichen Menschen, dessen Dasein sich sozusagen aus lauter geistigen Molekularbewegungen zusammensetzt, vermag aber die Kunst niemals zu schildern; darauf beruht ja gerade ihre Größe und ihre Existenzberechtigung, daß sie es nicht kann.

Ich verstehe nicht, wie man homosexuell sein kann. Das Normale ist doch schon unangenehm genug.

## Jupiter oder: Ars amandi

Wenn Jupiter liebte, so kam er als Stier, als Goldregen, als Singschwan oder als Wolke.

Und er wurde geliebt, denn die Frauen lieben die Stiere, die Goldregen, die Singschwäne und besonders die Wolken.

Aber niemals kam er als Jupiter ...

# Die österreichische Seele

## Die Geschichte eines Zeitungsfeuilletons

*Die »Frankfurter Zeitung« hat in ihrer Weihnachtsnummer den interessanten Versuch unternommen, Wesen und Eigenart einer Reihe von Ländern und Völkern nicht von Kultur- oder Sozialpolitikern, sondern von repräsentativen Schriftstellern schildern zu lassen. Für Österreich war Egon Friedell zur Mitarbeit aufgefordert worden.*

### 1.

Herrn Dr. Egon *Friedell*, Wien.

Wir wären sehr erfreut, wenn Sie sich an unserer Weihnachtsumfrage, über deren Thema Sie aus der Beilage das Nähere ersehen, beteiligen wollten. Wir sind überzeugt, daß ihr Beitrag eine Perle werden wird. Gewiß werden Sie das Bedürfnis fühlen, sich über den Gegenstand möglichst umfassend und eingehend zu äußern: trotzdem möchten wir Sie bitten, Ihre Darstellung mit Rücksicht auf die zahlreichen anderen Zusendungen möglichst zu komprimieren.

Hochachtungsvoll Redaktion der »Frankfurter Zeitung«.

### 2.

Sehr geehrter Herr Friedell!

Wir erhielten ein Couplet »In der Welt geht's drüber, drunter, aber Österreich geht net unter« aus der Feder des Salonhumoristen *Eugen Friedel*, dem die Post irrtümlicherweise unsere Einladung zugestellt hat. Wir schicken Ihnen anbei einen Durchschlag unseres Briefes und erwarten Ihr Manuskript in spätestens acht Wochen, das ist bis zum 15. Dezember.

»Frankfurter Zeitung«.

### 3.

Herrn Schriftsteller Hanns Sassmann, Wien.

Lieber Freund,

es wird Dich gewiß freuen, zu hören, daß mich die »Frankfurter Zeitung« zu einem Weihnachtsbeitrag aufgefordert hat. Noch selten hat mich eine Arbeit so interessiert wie diese. Endlich erinnert man sich an das Land Walthers von der Vogelweide! Das Ausland braucht uns halt doch! Und Österreich wird ihm zeigen, was es kann. Der Beitrag muß eine Perle werden. Du wirst daher einsehen, wie wichtig es ist, daß Du Dich sofort an die Arbeit machst. Aber bitte, nicht zu kurz, sonst heißt es gleich wieder, daß wir nur Plaudereien schreiben. Ich erwarte Dein Manuskript in spätestens acht Tagen.

Dein Egon Friedell.

PS: Gib acht, daß nichts vorkommt, was bei Bahr und Hofmannsthal Anstoß erregen könnte. Das ist das Wichtigste.

**4.**

Lieber Friedell,

ich bin sehr erfreut und geschmeichelt, daß Du an mich gedacht hast. Auch mich hat noch selten eine Arbeit so interessiert wie diese. Nur kannst Du nicht verlangen, daß ich Dir meine *wichtigsten* Überzeugungen zum Opfer bringe. Warum soll man *Bahr* und *Hofmannsthal* nicht giften? Gerade bei der Behandlung eines so ernsten Gegenstandes, wo noch dazu die ganze Welt auf uns blickt, dürfen keine *persönlichen Rücksichten* mitsprechen. Das wäre österreichisch.

Das Manuskript erhältst Du binnen drei Tagen. Um welches Thema handelt es sich denn überhaupt?

Dein Hanns Sassmann.

**5.**

Lieber Sassmann,

ich habe es kommen sehen, daß ich, sowie ich mich mit Dir einlasse, sofort Scherereien haben werde. Ich habe natürlich keine Zeit gehabt, den Brief so genau zu studieren, weil ich rasch ins Theater mußte, um ihn dort herumzuzeigen, und kann ihn jetzt absolut nicht mehr finden. Möglicherweise habe ich ihn im Café Prochaska auf dem Stammtisch liegenlassen. Im Café Grillhuber habe ich ihn bestimmt noch gehabt. Es kann auch sein, daß mir ihn in der City-Bar jemand gestohlen hat, um sich damit patzig zu machen. Ich ermächtige Dich jedoch, bei der »Frankfurter Zeitung« anzufragen, worum es sich handelt.

Dein Friedell.

## 6.

Lieber Friedell,

ich tue doch gewiß alles, was nur menschenmöglich ist, aber das kannst Du nicht von mir verlangen. Ich kann doch nicht an eine Zeitung schreiben, von der ich kein einziges Redaktionsmitglied persönlich kenne. Ich weiß auch gar nicht, wie man eine solche reichsdeutsche Redaktion anredet. Zum mindesten müßtest Du mir also das Konzept des Briefes aufsetzen.

Dein Sassmann.

Gestern im »Schriftstellerklub« sind alle zersprungen, weil Du mich und keinen von ihnen aufgefordert hast.

## 7.

Lieber Sassmann,

zuerst hast Du die Sache mit Begeisterung übernommen, und jetzt soll ich alles für Dich machen. *Große Reden führen* und *dann nichts leisten: das ist echt österreichisch.*

Dein Friedell.

## 8.

Lieber Sassmann,

habe soeben vom Zahlkellner im Café Demimonde erfahren, daß es sich um einen Artikel über Österreich handelt. Jetzt hast Du also keine Ausrede mehr.

Dein Friedell.

**9.**

Lieber Friedell,

über Österreich zu schreiben ist schwer. Was wird das Ausland dazu sagen?

Sassmann.

**10.**

Hochverehrter Meister!

Sehr geschätzter Herr Sassmann!

In meinem Restaurant habe ich erfahren, daß Sie der Hauptmitarbeiter der »Frankfurter Zeitung« sind. Schon lange war es mein Wunsch, an diesem hervorragenden Organ ebenfalls mitarbeiten zu dürfen. Es wird Ihnen ein Leichtes sein, durch Ihre Beziehungen dies zu vermitteln. Ich habe mich zwar bis jetzt noch nicht schriftstellerisch versucht, bin aber ein langjähriger persönlicher Bekannter von Franz Werfel. Sollte Ihnen eine mündliche Aussprache erwünscht sein, so finden Sie mich täglich von zehn bis eins und drei bis sechs im Café Pyramide.

In aufrichtiger Bewunderung

Franz Zehntbauer, städtischer Marktkommissär.

**11.**

Sehr geehrter Herr Friedell,

wir vermissen Ihren Beitrag. Wir rechnen um so gewisser auf sofortige Einsendung des Manuskripts, als es uns so kurz vor Weihnachten nicht mehr möglich wäre, für Sie einen Remplacanten zu finden.

Ergebenst

»Frankfurter Zeitung«.

**12.**

Lieber Sassmann,

Weihnachten steht vor der Tür, und Du hast mir noch immer nicht die englische Seife für Lina besorgt. Echt österreichisch!

Dein Friedell.

## 13.

Dringendes Telegramm an Egon Friedell.

Rasute blifta settmil hapta hapta 1/2.

»Trankfurter Leitung«.

## 14.

Lieber Sassmann,

zu meiner Bestürzung erfahre ich im Café Eden, daß Du den Beitrag für die »Frankfurter Zeitung« richtig verschlampt hast. Damit hast Du mir ungemein geschadet; denn das hätte für mich der Anfang einer dauernden Mitarbeit werden können, und außerdem werden sie mich jetzt bei der nächsten Rundfrage möglicherweise übergehen. Ganz abgesehen vom Prestige beim Ausland. Das alles verdanke ich Dir!

Friedell.

## 15.

Lieber Friedell,

ich weiß nicht, was Du noch haben willst. Erst vorige Woche war ich in drei Gesellschaften, die bisher noch nie das geringste von Dir gehört hatten und sich jetzt um mich gerissen haben, bloß weil ich mit Dir bekannt bin. Überall werde ich vorgestellt als »der Freund des berühmten Friedell, der die ›Frankfurter Zeitung‹ hat aufsitzen lassen«. Du bist die populärste Persönlichkeit von Wien. Und das verdankst Du mir. Du siehst also, daß ich doch nicht so »unzuverlässig« bin, wie Du immer behauptest.

Sassmann.

## 16.

Lieber Sassmann,

in Österreich wird man eben nur zum großen Mann, wenn man etwas *auffällig nicht tut*. Kaiser Josef hat unter größtem Aufsehen keine Reformen durchgeführt, Laudon hat unter allgemeiner Aufmerksamkeit Friedrich den Großen nicht besiegt, und Lueger hat unter ungeheurem Zulauf nichts für Wien geleistet. Für die »Frankfurter Zeitung« haben schon viele nicht geschrieben, aber keiner ist dadurch der Mittelpunkt Wiens geworden. Weil die anderen eben alle kein Talent hatten. Zumindest kein österreichisches Talent.

Friedell.

## 17.

Von der Steuerbehörde für den 18. beziehungsweise 19. Bezirk, Wien, Niederösterreich.

Herrn Dr. Egon Friedell, Chefredakteur der »Frankfurter Zeitung«.

Auf Grund der amtlichen Erhebungen werden Sie auf Grund Ihrer Lohngenüsse beziehungsweise dauernden Emolumente aus Ihrer Tätigkeit als ausschließlicher Verfasser der periodischen Druckschrift »Frankfurter Zeitung« für die Jahre 1926 bis 1929 in die Gruppe Ia der allgemeinen Erwerbssteuer, respektive Ib der temporären Einkommensteuer eingereiht. Die Höhe der vorauszuzahlenden Nachtragssteuer wird aus der Einkommenstufe für das zweite Semester der unmittelbar dem dazwischenliegenden Jahre des vorhergehenden dritten Halbquartals als zweite Rate der Zuwachsstaffel vorgeschriebenen Katasterumlage, jedoch vermehrt um den mit der Steuernovelle vom 3. Jänner 1921 für die nicht in die für die unter Befreiung von der direkten Einkommensmehrertragssteuer fallenden vorgesehenen kommunalen Erwerbszuschlag, jedoch abzüglich der bereits für die der Versteuerungsperiode vorausgegangenen letzten drei – soweit sie noch in diese Periode fallen – schuldigen Vermehrungssteuerquoten bis spätestens zum als Stichtag geltenden 1.Dezember 1926 eingezahlten Beträge errechnet.

## Authentizität

Die zünftigen Gelehrten pflegen alle historischen Werke, die sich nicht mit dem geistlosen und unpersönlichen Zusammenschleppen des Materials begnügen, hochnasig Romane zu nennen. Aber ihre eigenen Arbeiten entpuppen sich nach höchstens ein bis zwei Generationen ebenfalls als Romane, und der ganze Unterschied besteht darin, daß ihre Romane leer, langweilig und tatenlos sind und durch einen einzigen »Fund« umgebracht werden können, während ein wertvoller Geschichtsroman in dem, was seine tiefere Bedeutung ausmacht, niemals »überholt« werden kann.

## Die Hegemonie des Schriftstellers

Wir haben uns daran gewöhnt, in einem Dichter einen Menschen zu sehen, der irgendwo außerhalb, ganz an der Peripherie des wirklichen Lebens in einem Zimmer sitzt, Stoffe und Materialien sammelt, nachdenkt, schreibt, innehält, ausstreicht, wieder nachdenkt, wieder schreibt, zusammensetzt und umarbeitet, und wenn er schließlich viele Bogen mit vielen weisen oder schönen Dingen gefüllt hat, ein gedrucktes Buch herausgibt, kurz: einen Menschen, der die eine Hälfte seines Daseins mit Lesen und die andere mit Schreiben verbringt und dessen Lebenssymbol das Buch ist.

Diese Vorstellung scheint uns so selbstverständlich, daß wir uns gar nicht denken können, daß man es jemals anders aufgefaßt hat. Und dennoch ist dieser Begriff vom Dichter verhältnismäßig noch sehr jung, er ist eine Neuerwerbung des achtzehnten Jahrhunderts. Damals wurde in ganz Europa die Literatur übermächtig. Jene Art der menschlichen Geistestätigkeit, die uns heute fast als das Kulturferment schlechtweg erscheint, hat sich erst damals ihre Vorherrschaft erobert. In England entstand der Typus des schreibenden Gelehrten, der schreibt, schreibt, nicht bloß um seine eigene Forschung zu fördern, sondern auch um andere zu unterweisen, und seitdem versorgt England den ganzen Kontinent mit weltläufiger, lehr- und lernbarer Wissenschaft: Wissenschaft als Literaturprodukt. Gleichzeitig wurde in Frankreich die Figur des Publizisten konzipiert, der alles: Leben und Kunst, Glauben und Staat in geschickter, aktueller, interessanter Form zu behandeln weiß; an der Spitze Voltaire, der vollendetste Journalist, der je gelebt hat. Diese Strömungen rannen dann zusammen in das, was wir »Aufklärung« zu nennen pflegen. Alles wurde mit einemmal ein Gegenstand der Literatur: die Politik, die Gesellschaft, die Religion. Gott wurde nicht mehr in inbrünstiger Ekstase hinter düstern Klostermauern gesucht wie im Mittelalter, nicht mehr mit der Pike oder der Sense in der Hand erkämpft wie in den Zeiten der Reformation, nicht mehr im Kunstwerk verherrlicht wie in der Renaissance, sondern er begab sich in Bücher, Broschüren und Flugschriften, lehrhafte Romane und philosophische Dialoge: er war eine literarische Angelegenheit geworden. Und dazu kam dann die Ausdehnung der Presse, gefördert durch das neue billige Holzpapier, die Druckmaschine, die Erfindung schnellerer Verkehrsmittel, und vollendete diese ganze Entwicklung. Das, was wir heute zusammenfassend »Geistesleben« nennen, ruht zu drei Vierteln auf dem Schrifttum.

Es ist aber durchaus nicht immer so gewesen. Die Griechen hatten große Dichter und Philosophen, aber gar keine Berufsschriftsteller. Auch so ausgezeichnete Autoren wie Thukydides, Xenophon oder Plato schrieben immer nur gewissermaßen im Nebenamt: ihre literarische Tätigkeit war nur eine Fußnote und Randglosse zu ihrem wirklichen Leben. Erst mit dem Verfall der griechischen Kultur, mit dem Alexandrinertum, beginnt das Bibliothekswesen, die Polyhistorie und die Vielschreiberei. Auch Homer hat eigentlich nicht für die Griechen *geschrieben*, denn seine Dichtungen wurden durch mündliche Überlieferungen fortgepflanzt, und seine lebendige Wirkung bestand nicht darin, daß man ihn las, sondern darin, daß man ihn rezitierte.

In der darauffolgenden Zeit, im Mittelalter konnte von öffentlicher Schriftstellerei überhaupt keine Rede sein, und zwar aus einem sehr betrüblichen Grunde: weil die meisten Leute nicht lesen konnten. Und übrigens konnten auch viele Dichter nicht schreiben.

Dann in der Renaissancezeit hatten die Leute ganz andere Dinge im Kopfe. Zunächst wurde ein großer Teil der Energien vom öffentlichen Leben absorbiert. Jeder mußte für sich einstehen, man lebte unter dem Drucke einer fortwährenden Lebensgefahr, ganz Italien war eine organisierte Anarchie. Das Leben befand sich in fortgesetzter Vibration, man hatte nicht oft die Möglichkeit, beschaulich im Zimmer zu sitzen. Sodann: man wollte auch gar nicht. Es drängte jeden hinaus in das Glücksspiel der politischen Karriere: die Aussicht, Herzog oder Kardinal zu werden, war eigentlich für jeden begabten und tatkräftigen Menschen vorhanden. Und endlich: der Ehrgeiz und die Schöpferkraft des Menschen richtete sich auf die bildende Kunst. Ein großer Mann war der, der schöne Bildsäulen oder Gemälde machen konnte. Benvenuto Cellini war einer der populärsten Menschen in ganz Italien, und war doch nur ein einfacher Goldschmied. Die große aufwühlende Wirkung, die heutzutage ein Werk wie der »Faust« oder der »Zarathustra« hat, hatte damals eine Marmorgruppe oder ein Kolossalgemälde. Allerdings verstand man auch unter einem bildenden Künstler damals etwas anderes als heute. Man erwartete von ihm nicht nur eine besonders treue oder besonders eigenartige Wiedergabe der Wirklichkeit, sondern auch Gedanken, ein vollständiges Weltbild: seine ganze geistige Persönlichkeit mit allen ihren Höhen und Tiefen, seine ganze Anschauung von Gott, Leben und Menschheit mußte in dem Werk enthalten sein. Man kann daher sagen, daß die führenden Maler und Bildhauer für jene Zeit genau dasselbe waren, was für uns heute ein führender Schriftsteller ist. Man dichtete eben damals in anderem Material.

In England, das nicht viel später seine Blüte erreichte, wurden allerdings vorwiegend Dramen, Gedichte und Abhandlungen produziert. Aber sie waren dennoch auch dort nicht wesentlich schriftstellerische Dinge. Sondern: der Ausdruck und Abglanz eines bestimmten bewegten Lebens. Sie waren nur der Schatten, den die Wirklichkeit warf, und diese Wirklichkeit war das, worum es sich drehte. Shakespeare war durchaus kein Schriftsteller; er war ein Theatermensch. Man könnte sagen: er machte Theaterstücke und schrieb sie nebenher auf, aus dem ganz mechanischen Grunde, weil die Schauspieler sie sonst nicht hätten auswendig lernen können. Es wäre Shakespeare niemals eingefallen, ein großes Drama zu dichten, ohne an eine Aufführung zu denken, wie es Goethe mehr als einmal getan hat. Erst das achtzehnte Jahrhundert hat aus Shakespeare eine Sache der Literatur gemacht. In England selbst wurde er nicht als Schriftsteller behandelt, seine Dramen lebten nur als Rollenhefte weiter. Man hat den Engländern vorgeworfen, sie hätten ihren Shakespeare nicht zu würdigen gewußt, sonst hätten sie seine Bücher nicht so verkommen lassen. Aber dieser Vorwurf ist ungerecht: die Unachtsamkeit ist begründet im Geist der Zeit, man hatte damals noch keinen Respekt vor geschriebenen Dramen, es fiel niemandem ein, daß diese Schauspiele auch außerhalb der realen Bühne, eingesargt in gedruckte Bücher, noch ein Leben haben könnten. Der Schriftsteller war damals noch nicht erfunden.

Heute aber steht er auf dem Höhepunkt seiner Entwicklung und seines Einflusses. Er ist der geistige Repräsentant des Menschengeschlechts. Er hat fast alle denkenden Berufe in sich aufgesaugt. Das Organ der Politik ist nicht mehr die Rednertribüne, sondern die Presse. Das Organ des Handels ist nicht mehr der Marktplatz, sondern das Kontor, in dem geschrieben wird. ... da also heutzutage nahezu jeder Mensch, der geistig wirken will, auf das Schreiben hingewiesen ist, darf es uns nicht verwundern, daß der Dichter, der dieser Tätigkeit näher steht als irgendein anderer Mensch, heute Schriftsteller ist, und nichts als Schriftsteller.

Diese ganze Entwicklung ist aber allem Anschein nach im Begriff, ihren Höhepunkt zu überschreiten. Es ist nicht ausgemacht, daß die Literatur von nun an ein für allemal das wichtigste geistige Ausdrucksmittel bleiben wird. Zunächst aus einem äußerlichen Grunde. In früheren Zeiten konnte der Schriftsteller nicht dominieren, weil die Verkehrstechnik zu unvollkommen entwickelt war. Es gab keine organisierte Post, keine billigen Transportmittel, keine internationale Gütersekurität. Das geschriebene Wort hatte keinen wesentlichen Vorsprung vor dem gesprochenen. Es ist aber nun sehr wohl möglich, daß sich in der kommenden Zeit gerade das Umgekehrte ereignen wird: der Schriftsteller wird zurücktreten, weil die Technik zu vollkommen entwickelt ist. Man wird wieder auf die persönliche Wirkung zurückkommen können. Zunächst werden die Entfernungen immer geringer: wie schnell und leicht ein Mensch vorwärtskommen kann, ist nur noch ein praktisches Problem, eine Kraftfrage; theoretisch ist der Sache gar keine Grenze vorauszusagen. Ferner stehen Einrichtungen wie Telephon, Grammophon und Kinematograph ja erst ganz am Anfang ihrer Entwicklung, sie sind der unbeschränktesten Vervollkommnung fähig. Höchstwahrscheinlich steht uns auch die Erfindung des Fernsehers bevor. Nimmt man nun alle diese Dinge ein wenig im Geiste vorweg, so darf man sagen: es ist gar nicht ausgeschlossen, daß es in hundert Jahren eine Art der publizistischen Wirksamkeit geben wird, die der Schriftstellerei an Eindringlichkeit, Vielseitigkeit und Beweglichkeit ebenso überlegen ist wie das Buch und die Tageszeitung dem Kanzelredner und Wanderprediger.

## Witz

Der souveräne Mensch durchschaut das ganze Leben als belanglose Komödie, die man von oben herab kalt und lächelnd zu betrachten hat. Aber dieser überlegene Standpunkt muß aus der Güte hervorgehen, aus dem liebevollen Verstehen, nicht aus bornierter Mißgunst und kleinlichem Mißtrauen. Das ist die richtige Ironie, die das gutmütige, das verstehende, das liebevolle Lachen auslöst. Aber eine Ironie, die das freche Hohnlachen der Schadenfreude auslöst, ist ein gefährliches Giftattentat, das den Haß unter den Menschen noch mehr befördert.

## Der Dichter des Lebens

Damit ist aber keineswegs gesagt, daß die Dichter verschwinden werden. Im Gegenteil: wenn die Dichtkunst aufhört, wird es *mehr* Dichter geben und größere. Die Dichter, die wir bis jetzt gesehen haben, haben alle ihre verfügbare Poesie und Romantik auf lyrische Gedichte abgezogen oder in einen Roman eingedünstet. So bleibt nichts für das Leben übrig. Auch von den Theaterkomikern wird ja behauptet, daß sie im Leben zumeist recht morose Leute seien.

Es ist außerdem auch gar nicht ausgemacht, daß zum Dichten notwendig »Werke« gehören. Ja, es ist noch sehr die Frage, ob jene Genialität nicht höher steht, die sich in den täglichen improvisierten Lebensäußerungen eines Menschen offenbart. Die »Werke« zeigen uns ja immer nur eine *präparierte* Genialität, die die Frucht langer Erwägungen, Übungen und Versuche ist. Vielleicht wäre der größte Künstler derjenige, der sagen könnte: »Das einzige Kunstwerk, das ich geschaffen habe, ist meine *Biographie*. Bei anderen floß die Genialität in die Feder oder in den Pinsel. Aber ich verzettelte mein Genie nicht mit diesen Dingen und hatte diese Instrumente nicht nötig. Ich hätte sie nicht einmal brauchen können, denn sie wären für mich viel zu plump gewesen.« Ein solcher Dichter wäre größer als Dante und Homer und unsterblicher. Unsterblicher. Denn die »Odyssee« und die »Göttliche Komödie« sind etwas Fertiges, etwas Abgeschlossenes und daher gewissermaßen etwas Totes. Ein Menschenleben aber wirkt weiter, indem es sich fortwährend in den Augen der Nachwelt verwandelt. So hat zum Beispiel Goethe eine Dichtung geschaffen, die höher steht und länger und tiefer wirken wird als der »Faust«, der »Tasso« und seine anderen Meisterwerke. Sie heißt: »Das Leben Johann Wolfgang Goethes, 1749-1832.«

Goethes Leben und Goethes Dichtungen hängen allerdings genau zusammen, aber in besonderer Weise. Nämlich: seine Dichtungen hätte er niemals schreiben können ohne ein solches Leben, aber ein solches Leben hätte er wohl führen können, ohne eine Zeile zu dichten. Daß er der einzige Mensch war, der den »Faust« schreiben konnte, das war das spezifisch Goethische; daß er den »Faust« *schrieb*, war ein Zufall. Die Kunst ist immer nur ein Nebenprodukt. Das Wort »Berufsdichter« ist ein Unsinn. Der Beruf des Dichters ist der jedes anderen Menschen: leben, assimilieren und assimiliert werden, Energien anhäufen und weitergeben, eine von den Millionen Komponenten der Weltbewegung bilden.

## Die Kostüme der Menschheit

Um es zusammenzufassen: Es gibt eben dreierlei Sorten von Dichtern. Die einen sind die außermenschlichen Heroen und Idealgestalten der Kunst. Die sind selten und gleichsam ein glücklicher Zufall. Sodann die, welche ebenso Großes singen, aber ohne Größe. Sie erfassen jedoch häufig irgendein allgemeines Gefühl, das die Zeit gerade bewegt: Patriotismus, Liebe, Freundschaft, Frömmigkeit. Solcherart waren die Vaterlandsdichter der Freiheitskriege, die Minnesänger des Mittelalters, die Freundschaftslyriker des achtzehnten Jahrhunderts, die religiösen Lyriker der Reformationszeit. Und die dritten: die wollen wir die Dichter der Straße nennen.

Es sind die verschiedenen Kostüme der menschlichen Seele. Die Werke der ersten Art sind die großen Prunkstücke der Menschheit, ihre Herrschafts- und Krönungsinsignien, die von unbeschränkter Dauer sind und nur durch irgendeine gewaltige Umwälzung der ganzen Kulturschicht hinweggetragen werden können, sie werden immer wieder hervorgeholt und bezeichnen durch die Jahrhunderte unverblaßt den höchsten Glanz und die höchsten Machtmöglichkeiten des menschlichen Geistes, es sind Dekorationsobjekte von düsterer Feierlichkeit oder flammender Leuchtkraft: ihre Auffassung verändert sich im Laufe der Zeiten, wie ja auch die Auffassung von der Bedeutung des Königsmantels und der Krone; aber alle Zeiten sind sich darin einig, daß es die dauernden Merkmale der Größe sind.

Die zweiten sind den ersten in der Form ähnlich, aber nur in dieser. Sie sind die Maskenstücke einer bestimmten Zeit und wandern zum Plunder, wenn diese Zeit sich gewandelt hat. Sie haben nur die Attitüde der Größe, es sind die Draperien und Ausstattungsstücke des Komödianten, der den König macht. Sie wirken auf ihre Zeit oft ebenso stark wie die wirklichen Prachtgewänder, wie ja auch der Schauspieler dies vermag; aber sie sind es nur für einen Augenblick. Nach einiger Zeit wird die Bude abgerissen, die Lichter werden abgedreht, und das bunte Zeug kommt in den Müllkasten. Es gibt Zeiten, die nur solche Werke hervorbringen, die alle Kostüme haben und doch keines, kein einziges nämlich, das ihr Eigentum wäre. Solche Zeiten pflegt man dann in Bausch und Bogen auf den Kehricht zu werfen.

Die dritten schließlich scheinen weniger zu geben und geben doch in Wirklichkeit unendlich viel mehr. Sie nähen nämlich ganz einfach am Kleide der Zeit, das schlicht genug aussieht, und nur an diesem. Ihre Werke sind Fabrikate weder für besondere festliche Anlässe noch für Maskenaufzüge und Schaustellungen, sondern für den Tag und die Stunde; sie haben daher vor allem die Eigenschaften des Werktagskleides: sie sind praktisch, aus solidem Material und keineswegs übermäßig kostbar, man kann sie ruhig anfassen und verwenden; sie stehen auf der Höhe der letzten technischen Vervollkommnungen, denn sie sind ja Kinder ihrer Zeit, und sie sind jeder Lebensweise, jeder Berufsart, jeder Witterung und jedem Aufenthaltsort angepaßt. Kurzum: die ersten sind Staatskleider, die zweiten Gewänder für Schauspielergarderoben und die dritten wirklich historische Trachten, Stücke aus der Kostümkunde; und in der Geschichte der Kostüme bewahren sie sich auch ihren dauernden Platz.

Es ist diesen Dichtern der dritten Art eigentümlich, daß man sie sich nicht mit einer Leyer denken kann, ja kaum mit einem Lorbeerkranz. Sie haben mit diesen ewigen Symbolen nichts zu tun. Sie haben sie weder mit auf die Welt gebracht wie jene ersten noch sich in einem Antiquitätenladen ausgeliehen wie die zweiten. Sie dienten der Stunde, die keine Leyern und Lorbeerkränze zur Verfügung hat.

Der Dichter, von dem wir später handeln werden, ist ein Dichter der Straße; wenn man will, sogar in der geringschätzigen Nebenbedeutung. Er geht über die Straße: dies ist eigentlich seine ganze dichterische Tätigkeit. Er geht durch die Zimmer der Heutigen, durch ihre Kinderzimmer, ihre Speisezimmer, ihre Schlafzimmer, ihre Soiréesäle und Dirnenlokale, ihre Landvillen und Caféhäuser. Er ist ein richtiger Straßendichter und Straßensänger: der Schilderer und Verherrlicher des kleinen Lebens der Stunde. Er trägt keinen Samtrock und fliegenden Schlips, auch innerlich nicht. Er trägt einen Hornkneifer.

Er hat die kleinen Leiden seiner Zeit aufgefangen. Wir können gar nicht intimer von ihm reden, als indem wir von seiner Zeit reden.

## Das Bauchherz

Der Bauch gilt als profanes Organ, weil in ihm die Verdauung vor sich geht, aber vielleicht werden wir eines Tages sogar darüber umlernen und finden, daß die Verdauungstätigkeit ein Vorgang ist, der unser Seelenleben mehr beeinflußt als so mancher andere minder prosaische. Soviel läßt sich jedenfalls sagen, daß gewisse, besonders subtile, besonders mysteriöse und besonders subjektive Empfindungen bisweilen schon heute im Sonnengeflecht lokalisiert sind. Jeder Verliebte wird dies schon empfunden haben: es ist ein Gefühl, das langsam vom Zwerchfell heraufsteigt, eine eigenartige prickelnde Nervosität in der Magengegend erzeugt und die »Kehle zuschnürt«, wie die bekannte Redensart in den Romanen lautet, in der wir aber nur die Beobachtung einer Nebenerscheinung erblicken dürfen. Vielleicht wird der Romancier der Zukunft einmal ebenso pathetisch sagen: »Er erblickte ihre geliebten Schriftzüge, und sein Sonnengeflecht erzitterte« oder »Das Zwerchfell krampfte sich ihm zusammen, als er sie wiedersah«.

## Hamlet, Faust und Hjalmar

Sie sind der Extrakt der ganzen Menschheit, und darum sind sie natürlich auch der Extrakt ihrer Zeit; aber das ist nicht ihr Wesentliches. Hamlet ist ein Puritaner der elisabethinischen Renaissance, jene merkwürdige Kreuzung aus Bigotterie und Freidenkertum, die damals emporkam: er glaubt zwar noch an Gespenster, aber er hat auch schon Montaigne gelesen. Indes: er ist doch auch unendlich viel mehr: er ist einfach der Mensch, der zu viel weiß, um noch handeln zu können, sagen wir rundheraus: der Kulturmensch. Er könnte auch heute auf der Straße spazierengehen: in Paris, in Berlin, in Petersburg und im Garten des Epikur und in den »Wäldern«, die Thoreau beschrieben hat, und zu jeder Zeit, die reif genug ist, um Menschen hervorzubringen, die der Welt des Irrsinns und Verbrechens, in der sie leben, müde und überlegen ins Auge blicken können. Hebbel hat den »Faust« das vollkommenste Gemälde des Mittelalters genannt, das je geschrieben wurde, und das ist zweifellos richtig; aber er ist auch das vollkommenste Gemälde des achtzehnten Jahrhunderts und das vollkommenste Gemälde des neunzehnten; Faust ist Abälardus und Thomas Aquinas, Magier, Scholastiker und Gottsucher, aber er ist auch Fichte, der der zwiespältige Held des Zeitalters war, mit seinem ewigen Drang, sich in das Rätsel von Ich und Welt zu verkriechen, und einem gleich heftigen Trieb, in derselben Welt zu wirken und zu leben. Und er ist die ganze Versuchung des Menschen von heute, die sich in tausend Masken und Verkleidungen anschleicht: als Alkoholismus, als Sexualität, als Nihilismus, als Übermenschentum; und dabei ist er der vorbildliche Unbefriedigte, in allem Einzeldasein sich wiedererkennend, mit allem Leben mitleidend und qualvoll nach der Einheit der Erscheinungen suchend, und immer vergeblich, eine Gestalt, die es immer gegeben hat und immer geben wird, sagen wir kurz: das Genie. Und sein Gegenspieler, namens Hjalmar Ekdal, besitzt die überhaupt vollkommenste Ubiquität, die sich denken läßt. Er ist der Mensch, der mit der gegebenen Wirklichkeit kreuzzufrieden ist, nie verlegen um eine schmackhafte Auslegung peinlicher Sachen, Virtuose im Vorbeisehen an strapaziösen Verantwortungen oder störenden Realitäten und stets darauf bedacht, sich das Leben mit billiger Poesie zu verhängen wie mit einer Art schützender Glasmalerei, mit einem Wort: der Philister. Können wir uns denken, daß er in irgendeiner Sphäre der menschlichen Kultur nicht bestanden hat, ja daß er nicht zu allen Zeiten den Grundstock der Menschheit gebildet hat? Es ist die fleischgewordene Gewöhnlichkeit, aber der Dichter zeigt ihre Unvergänglichkeit.

Es sind die drei Typen der Menschheit. Oder vielmehr: es sind die drei Seelen, die in jedem Menschen wohnen, aus denen er sich aufbaut und die sich in ewigem Kampf und Gleichgewicht befinden. Jeder Mensch ist Skeptiker und Hamlet; jeder Mensch ist Idealist und Faust; jeder Mensch ist Realist und Hjalmar. Wer hätte nicht schon gesagt: »Aber wozu eigentlich das alles? Wir sind ein Narrenhaus. Taten sind Tollheit. Warum sich hineinmischen? Alles das hat ja gar keinen Sinn. Genug.« In diesem Augenblick war er Hamlet. Wer hätte nicht schon gesagt: »Alles ganz schön. Aber jetzt möchte ich ein Butterbrot und eine Flasche Bier.« In diesem Augenblick war er Hjalmar. Und wer hätte nicht trotzdem empfunden: »Einerlei. Es nützt nichts. Wir müssen weiter hinauf! Dazu sind wir auf der Welt.« In diesem Augenblick war er Faust.

Was ist nun der Sinn: die reife Skepsis, das ewige Streben oder das Butterbrot? Der Dichter antwortet: »Wir sind Menschen. Wir müssen zweifeln. Wir müssen streben. Wir müssen Bier trinken.«

## Wahrheit

Es gibt eine bestimmte, ziemlich kleine Zahl von unveränderlichen Wahrheiten. Aber die Stellung, die die einzelnen Menschen zu diesen Wahrheiten einnehmen, ist eine recht verschiedenartige. Der Durchschnittsmensch *zweifelt sie an*. Das Talent macht den vergeblichen Versuch, *sie zu vermehren*. Und das Genie *wiederholt sie*.

## Vergangenheit

Es gibt keine Vergangenheit ohne Zukunft.

Die menschliche Phantasie war von jeher damit beschäftigt, sich allerlei Wundergeschichten auszudenken. In den Märchen, die jedes Volk besitzt und die sich alle so sonderbar gleichen, fliegt einer mit Fledermausflügeln durch die Luft, oder er hat ein silbernes Horn, das unsichtbare Armeen herbeibläst, oder er steht im Banne einer Fee oder Hexe. Blicken wir aber in die Wirklichkeit, so bemerken wir, daß sie nicht so lächerlich plausible, rationalistische Dinge schafft, sondern sich viel gewagter, utopischer und unlogischer benimmt. Edison hat der Realität ganz andere Zaubermaschinen entlockt als die paar armseligen Fledermausflügel; Cäsar und Napoleon haben ganz andere magische Trompeten besessen als jenes bescheidene Silberhorn. Und wenn wir die geheimnisvolle Anziehungskraft beobachten, die von der Anmut einer schönen Frau ausgeht, so müssen wir sagen: es gibt in der Wirklichkeit einflußreichere Feen und gefährlichere Hexen als bei Grimm und Musäus. Ja wenn wir bloß das alltägliche Leben des einfachsten Menschen ein einziges Mal so zu sehen vermöchten, wie es sich wirklich abspielt, so müßten wir erkennen, daß jene erdichteten Märchen nichts sind als kindische, phantasiearme Geschichten, blasse und schwächliche Kopien jener wunderbaren, viel unwahrscheinlicheren Märchen, die sich in jeder Minute überall ereignen. Sie glauben die Wirklichkeit zu übertrumpfen und bleiben in Wahrheit weit hinter der Wirklichkeit zurück.

Das Leben der menschlichen Seele ist das tiefste und wunderbarste Märchen. Die Hexen, Elfen, Zauberer und Drachen sind ja wirklich da, nur inkognito. Dornröschen ist angeblich ein Phantasiegebilde. Aber es schläft ja wirklich, vielleicht schon im nächsten Nachbarhause, und der Prinz fährt eben um die Ecke. Und Undine existiert und Loreley und der Zauberer Merlin, sie sind alle vorhanden: man muß sie nur zu finden wissen; dazu ist eben der Dichter da.

Betrachten wir zum Beispiel die Skizze »Melusine«. Die Romantiker behaupteten, es habe einmal eine Waldquellnixe gegeben, die vom Grafen Raimund als Gattin heimgeführt wurde; aber bisweilen mußte sie in ihr ursprüngliches Element zurücktauchen, für eine Zeitlang wieder Waldquellnixe werden, um sich dann neugestärkt ins gewöhnliche Leben begeben zu können. Das ist nun nicht wahr. Aber wozu Waldquellnixen und Märchengrafen? Es gibt ja Verkäuferinnen in kleinen Konditoreien, die ebenso romantisch sind.

Stellen wir uns vor, jemand hätte in soundso viel hundert Jahren die Aufgabe, von unserer Zeit ein Charakterbild zu entwerfen. Wohin wird er sich zuerst wenden? Die politischen Verhältnisse eines Zeitalters sind niemals völlig klargestellt: wir selbst wären ja in Verlegenheit, wenn wir über das heutige Staatsleben etwas ganz Definitives auszusagen hätten. Hier gibt es immer große Geheimnisse, und das liegt in der Natur der Sache, denn man kann nicht auf dem Markt Politik treiben. Aber der Zustand der allgemeinen Zivilisation ist eine offenkundige Tatsache, die sich auch in den kleinsten Lebensäußerungen unzweideutig ausprägt. Indes: diese Dinge sagen wenig von unseren wirklichen psychologischen Verhältnissen. Telephon und Setzmaschine, Kinematograph und Untergrundbahn hat es freilich vorher niemals gegeben, aber alle diese Dinge sind nur eine Außenseite, die erst verständlich wird, wenn man den Kern kennt. Unsere Schulen und Kirchen, unsere Parlamente und Ballsäle sind noch weniger geeignet, Aufschluß zu geben; sie gehören gar nicht zu uns. Diese Erscheinungen verraten fast gar nichts von unseren wirklichen Wünschen und Abneigungen, unseren Vorzügen und Fehlern; denn sie sind Institutionen, und Institutionen sind immer rückständig. Unser modernes Straßenbild mit seinen fünferlei und sechserlei Kommunikationsmitteln, die hintereinander, durcheinander und übereinander weg sich kreuzen, unsere Kaufhäuser und Kontore mit ihrem hastigen und dabei doch so präzisen Verkehr, unsere ganz neuartige Beherrschung von Raum und Zeit, dies alles ist ja gewiß ein Stück unseres Wesens, aber nur ein sehr äußerliches und gewordenes. Es ist für eine Pflanze natürlich sehr charakteristisch, wie ihr Rindengewebe, ihr Bastgewebe, ihr Holzkörper beschaffen ist, aber diese Bestandteile ihres Baues sind verhältnismäßig tot und nichts als der Ausdruck gewisser bildnerischer, innerer Lebenskräfte, die erst erschlossen werden müssen, wenn man diese Produkte überhaupt begreifen will.

Die innere Struktur, kurz gesagt: die psychische Mechanik eines Zeitalters wird uns nur verständlich durch gewisse Kräfte, die vom Alltag völlig abgelöst scheinen und dennoch die einzigen sind, die das Leben einer Zeit mit allen seinen Schicksalen, seinen Höhen und Tiefen zum plastischen Bilde zusammenfassen. Es sind die Werke der Kunst und Philosophie. Plötzlich werden uns eine Menge von unbegreiflichen Absonderlichkeiten des täglichen Lebens klar, wenn wir die Philosophie und Dichtung um Rat befragt haben. Diese Dokumente machen die übrigen kulturhistorischen Daten nicht überflüssig, aber sie rücken sie erst ins rechte Licht. Denn die Philosophen und Künstler sind die wenigen Menschen in jedem Zeitalter, die reden können. Die anderen sind stumm oder sie stammeln. Ohne Dichter und Philosophen wüßten wir nichts von vergangenen Zeiten: wir hätten bloß fremde Hieroglyphen, die uns verwirren und enttäuschen. Wir brauchen einen Schlüssel für diese Geheimschrift. Gerhart Hauptmann hat einmal den Dichter mit einer Windesharfe verglichen, die jeder Lufthauch zum Erklingen bringt. Halten wir dieses Gleichnis fest, so könnten wir sagen: im Grund ist *jeder* Mensch ein Instrument mit solchen empfindlichen Saiten, aber bei den meisten bringt der Stoß der Ereignisse die Saiten bloß zum Erzittern, und nur beim Dichter kommt es zum *Klang*, den jedermann hören und erfassen kann.

Die Philosophie und Kunst einer Zeit ist daher nicht verschieden von der Kultur einer Zeit, denn sie ist nichts als die Niederschrift dieser Kultur. Die Philosophen und Dichter sind zu allen Zeiten die menschlichsten Menschen gewesen, und darum kann man auch sagen: sie waren die historischsten Menschen.

Da hätten wir also schon einen zweiten Nutzwert des Dichters. Er ist seiner Zeit wertvoll als ihr Photogramm, für ihr gegenwärtiges und ihr zukünftiges Leben. Hier, in dieser klaren, reinen Platte, die für jeden kleinsten Lichtunterschied so empfindlich ist, lernt sie ihr Antlitz betrachten und ihre Gestalt erkennen, mit allen ihren Stärken und Gebrechen, ihren Gesundheiten und Krankheiten, ihren Ernsthaftigkeiten und Lächerlichkeiten. Und wenn sie vorüber ist, nimmt der Spätere dieses Bild in die Hand und erkennt sie wieder. Der Dichter bewahrt sein Zeitalter auf; ohne ihn würde es nicht erhalten bleiben. In diesem verkleinerten, dauerhaften Porträt vermögen auch die Späteren wieder Licht und Dunkel nachzuprüfen und in sich nachzuerleben.

Wie sieht nun der Mensch unserer Zeit aus? Der Mensch, der uns entgegentritt auf der Straße und im Salon, im Hörsaal und in der Volksversammlung, in der Tageszeitung und im Couplet, in Kassenstücken und Saisonromanzen? In allen diesem Dingen steckt noch nicht sein wahres Wesen. Es muß vielmehr aus diesen verwirrenden und trübenden Hüllen herausgezogen, extrahiert werden. Wo ist er, dieser Extrakt?

Wir finden ihn niedergelegt in den Büchern und Bildern der Dichter.

Dieser Mensch: – er kennt sich selbst nicht. Er ist der Ansicht, das Auto sei eine gute Erfindung und Telephone seien recht vorteilhaft für den Schnellverkehr. Bisweilen äußert er, er lebe in einer Zeit der zunehmenden Kolonialpolitik und der abnehmenden Religiosität. Über die Abstammung des Menschen denkt er verschieden; über den Niedergang des Kleingewerbes ist er sich hingegen vollkommen klar; ob aber die Kunst das Leben wiedergeben solle, erscheint ihm wieder mehr als eine offene Frage. Mehr weiß er nicht von sich; das andere in ihm ist der Dichter. Dies war niemals anders.

Schließlich ist ja jeder Mensch ein Dichter; aber der große Unterschied besteht darin, womit einer dichtet, und auf welcher Stufe er stehenbleibt. Ob einer bei seiner »Menschlichkeit« stehenbleibt und sich darauf beschränkt, bloß mit diesem Material zu hantieren. Das ist die erste Stufe: die Dichter des häßlichen Lebens, die große Majorität der Menschheit. Sodann: ob einer die Kraft hat, aus seiner Menschlichkeit in die Welt der Lügen, das heißt: der Bücher zu flüchten. Das ist die zweite Stufe: die Dichter der schönen Bücher, also das, was man so für gewöhnlich Dichter nennt. Ferner: ob einer die größere Kraft hat, in die Welt der Bücher das Gesetz des Lebens, das heißt: das Gesetz der Wahrheit zu tragen. Das ist die dritte Stufe: die Dichter der häßlichen Bücher, die Naturalisten. Und endlich, ob einer die größere Kraft hat: die Häßlichkeit des Lebens Lügen zu strafen und schön zu machen.

## Handwerk

In jedem solid und kundig geübten Handwerk liegt etwas, das zur Verehrung, ja zur Bewunderung herausfordert. Um einen Schrank, einen Rock, eine Uhr wirklich gut zu machen, dazu gehört eine gewisse Sittlichkeit: Achtung vor dem gottgeschaffenen Material, Selbstzucht, Nachdenken, treue Hingabe an die Sache, Sinn für das Wesentliche. Ein Meister ist allemal etwas sehr Schönes, ob er einen Schuh macht oder einen Dom.

## Der Schwager des Vulpius

Jena, den 18. September 1791. Vor Döbereiners Gastwirtschaft »Zum grünen Baum«. Freiherr v. Roßstock. Dr. Kiefer.

*Der Freiherr* Wer war denn der korpulente Herr, der eben ins Haus trat?

*Der Doktor* Der Geheimrat von Göthe.

*Der Freiherr* Göthe? Kenn' ich nicht. Titular oder in einem Amt?

*Der Doktor* Er führt die Oberaufsicht über die dasigen Landesanstalten für Wissenschaft und Kunst.

*Der Freiherr* Ah, dann kenne ich ihn ja. Ein sehr schwieriger Herr. Ich habe mit ihm einen dreiwöchigen Schriftenwechsel gehabt. Aber warum nennt er sich jetzt Göthe?

*Der Doktor* Er hat immer so geheißen.

*Der Freiherr* Aber damals unterschrieb er sich immer Go-ethe.

*Der Doktor* Das spricht sich Göthe. Es ist eine altertümliche Schreibung.

*Der Freiherr* Oder vielmehr eine neumodische Gothomanie? Ist es ein Kriegsname?

*Der Doktor* Nein. Er schreibt und amtiert unter demselben Namen.

*Der Freiherr* Was schreibt er denn?

*Der Doktor* Meist Wissenschaftliches. Hat sehr schöne Experimente über Farben gemacht. Auch über Pflanzenwachstum. Jetzt arbeitet er, wie ich höre, an einem Buch über chemische Wahlverwandtschaften. Übrigens hat er auch Belletristisches verfaßt.

*Der Freiherr* Das interessiert mich schon mehr. Am Ende gar Romane? Das interessiert mich am meisten.

*Der Doktor* Ja. Auch ein Roman ist darunter. Es ist aber schon so an die fünfzehn Jahre her, daß er erschienen ist. Aber nein: was rede ich denn da? Siebzehn Jahre ist's her. Ich war ja damals noch nicht Kandidat.

*Der Freiherr* Aber wie hieß er denn?

*Der Doktor* Werthers Leiden. Des jungen Werthers Leiden.

*Der Freiherr* Was? Des Werthers Leiden von Georg Goethe? Aber das kenne ich ja! Und ob ich es kenne! Das war doch einen Winter lang das Gespräch auf allen Assemblées. Und sogar auf den Dörfern. Ich erinnere mich noch wie heute: in Neckargemünd wurde es als Moritat gezeigt. Hortense wollte sich totlachen, wir waren damals gerade verlobt. Aber ein Vetter von mir, der lange Einsiedel, wollte sich nicht totlachen, sondern im Gegenteil: totschießen! Er war nämlich ebenso unglücklich verliebt wie Werther: in die Philine Radziwill, die nach Wien verheiratet war. Dort hab' ich ihr, als ich in geheimer Mission am kaiserlichen Hof war, die ganze Geschichte erzählt. Sie sagte: aber das muß ja ein entzückendes Buch sein, das müssen Sie mir verschaffen! Das war aber gar nicht so leicht, denn es war in Österreich verboten. Aber schließlich hat sie es doch zu Gesicht bekommen. Und wissen Sie wo? Im Prater als Feuerwerk!

*Der Doktor* Und der lange Einsiedel?

*Der Freiherr* Hat sich natürlich nicht erschossen. Übrigens der Herr von Goethe ja auch nicht. Am Ende hat er gar seine Lotte geheiratet.

*Der Doktor* Er ist überhaupt nicht verheiratet. Das heißt: nur zur linken Hand.

*Der Freiherr* Ach, interessant. Also mit keiner Geborenen?

*Der Doktor* Nein. Mit einer Demoisell Vulpius.

*Der Freiherr* Vulpius? Am Ende eine Verwandte von Christian Vulpius.

*Der Doktor* Seine Schwester.

*Der Freiherr* Nein! Die Schwester des großen Vulpius? Des unsterblichen Verfassers von Rinaldo Rinaldini? Und das sagen Sie mir nicht gleich? Da muß ich diesen Herrn von Goethe doch unbedingt kennenlernen. Was für eine wunderbare Fortune! Kommen Sie rasch! Er zieht den Doktor ins Haus.

## Ruhm

Alle berühmten Bücher sind gut, und fast alle guten Bücher sind berühmt, wenn es auch manchmal einige Zeit dauert, bis sie es werden, und die Klage, daß es so viele unbekannte Talente gebe, stammt fast immer von Menschen, die bloß unbekannt sind. Alles Gute, Wertvolle hat die Tendenz, sich den Menschen mitzuteilen, es greift infolge eines, man möchte sagen: physikalischen Naturgesetzes um sich. Ein Mensch fasse irgendwo, in irgendeinem Winkel der Erde einen neuen, schönen und tiefen Gedanken, und dieser Gedanke wird sich so sicher und unwiderstehlich ausbreiten wie Gras.

## Abschied von der Bühne
### Reden bei der Tyrolt-Feier

Meinen Abgang vom Theater wird niemand erfahren. Denn was würden sie erst mir sagen, wenn schon ein Mann wie Tyrolt, der über ein halbes Jahrhundert lang so fabelhaft Theater gespielt hat, bei seinem Abschied ungefähr die folgenden Reden erleben mußte.

*Der Vertreter der Regierung:*

Hochverehrter Herr Doktor!

Ich glaube, nicht bloß im eigenen Namen, nicht bloß im Namen der Regierung, nein, im Namen aller zu sprechen, wenn ich sage: der heute von uns geht, war ein Schauspieler! (Anhaltender Beifall.) Aber Sie waren nicht bloß ein Schauspieler – das sind viele –, sondern eines der seltensten Exemplare dieser Gattung, nämlich zugleich ein gebildeter Mensch. Ihrem soliden Wissen verdanken Sie es, daß es Ihnen schon in verhältnismäßig jungen Jahren gelang, sich den Doktorhut zu erringen, und wer weiß, ob Sie es nicht, wären Sie bei Ihren edlen Studien geblieben, bis zum Professor gebracht hätten! Aber es war in Ihrem Schicksalsbuche anders bestimmt, und da Sie sich diesen Titel nicht aus eigener Kraft zu erwerben vermochten, so hat sich die Regierung entschlossen, ihn Ihnen honoris causa zu verleihen. Herr Professor, ich gratuliere!

*Der Rektor der Universität* (von einem Zettel ablesend):

Verehrter Jubilar!

Viele Jahre haben Sie hier gewirkt, und zwar als (blickt in den Zettel) als ... Mitglied. Jawohl, das waren Sie! Die Universität begrüßt Sie als scheidendes Mitglied des (blickt in den Zettel) ... des Deutschen ... Volkstheaters, das seinerzeit, als Sie noch auf der Höhe Ihres Schaffens standen (blickt in den Zettel), ... erbaut wurde. Ich darf wohl heute bei Ihrem Abgang sagen: nicht bloß Ihnen, auch dem Deutschen Volkstheater kann man gratulieren!

*Der Präsident der Akademie der Wissenschaften* (mit steigender Wärme):

Auch wir wollen in der Reihe der Gratulanten nicht fehlen. Gerührt feiern wir in Ihnen den prächtigen Menschendarsteller, den vorzüglichen Charakteristiker, den wirksamen Interpreten, den verwendbaren Rollenträger, die nicht verderbende Utilität!

*Der Sprecher der Kollegen* (weinend):

Was wir an dir verlieren, ist in Worten gar nicht auszudrücken. Einen solchen Kollegen wie dich wird es sobald nicht wieder geben: treu und ohne Falsch ... Nie konntest du dich verstellen; was du auch tatest, immer warst du derselbe: unser lieber Tyrolt!

*Der Sprecher der Eleven:*

Gestatten Sie auch der Jugend ein Wort der begeisterten Huldigung. Es ist für uns ein ergreifender Glücksfall, daß es uns noch vergönnt war, Sie sehen zu dürfen. Unseren Enkeln werden wir erzählen können: Ja, wir haben noch den Tyrolt gekannt, der die große Haizinger gekannt hat!

*Der Präsident der* »*Concordia*«*:* Über Ihre schauspielerischen Qualitäten sollen Ihre Kollegen urteilen. Ich, als Vertreter der Schriftsteller, habe die hohe Ehre, in Ihnen als Verfasser entzückender Theaterplaudereien ebenfalls einen Kollegen begrüßen zu dürfen. Über Ihr Mimentum mögen die Meinungen geteilt sein, über Ihre Meisterfeuilletons kann nur eine Stimme herrschen.

*Ein unbekannter Greis:*

Seit fünfzig Jahren, mein lieber Tarhold, sind deine klassischen Gestaltungen die Höhepunkte meines Lebens. Unzähligemal und mit stets neuer Bewunderung habe ich sie genossen. Unvergeßlich eingeprägt leben vor meinem geistigen Auge dein köstlicher Lumpazi im »Verschwender«, dein Scharmanter im »Fünften Gebet« und dein ... in ... also der in dem dritten Stück.

*Der Direktor des Burgtheaters:*

Verehrter Meister!

Wohl niemand hat so viel Ursache, Ihren Abgang aufs tiefste zu bedauern wie ich. Denn ich muß das beschämende Geständnis machen, daß ich bis jetzt noch nicht dazugekommen bin, Sie zu sehen. Und nun stehe ich vor der niederschmetternden Tatsache, daß Ihre herrliche, unvergleichliche Kunst mir für immer unbekannt bleiben soll. Der Schmerz, den alle hier Versammelten empfinden, ist also bei mir ein verdoppelter, denn die anderen haben wenigstens die

Erinnerung, ich aber habe von Ihnen gar nichts. Schuld trägt daran allerdings auch die sattsam bekannte Wiener Verkehrsmisere, die mich auch heute zu spät eintreffen ließ. Zu spät: dieses Donnerwort wird noch lange in meiner Seele nachhallen.

*Der Bürgermeister von Wien:*

Hochverehrter Herr Professor!

Man hat Sie heute auf eine Weise gefeiert, die wohl einzig dastehen dürfte. Ich aber sage nicht: Es lebe der Schauspieler, der Kollege, der Schriftsteller Tyrolt, meine Huldigungsgruß gilt Ihrer größten und edelsten Eigenschaft, ich rufe: Es lebe Rudolf Tyrolt, der Bürger von Wien! (Beifall der Sozialdemokraten, Zischen bei den Christlichsozialen)

*Der Präsident des Bühnenvereins:*

Gestatten Sie, daß ich als Vertreter aller, mit denen Sie in Ihrer Kunst vereinigt sind, das heutige erhebende Fest mit nur wenigen Worten beschließe. Ja, eigentlich genügen schon zwei Worte, um die Gefühle dieses Abends auszudrücken, zwei Worte, einen teuren Namen umfassend, der unsere Herzen in Dankbarkeit, Liebe und Bewunderung erzittern macht: Heinrich Laube!

*Der Gefeierte:*

Meine lieben Freunde!

Ich werde nie wieder die Bühne betreten ... (Tosende Bravorufe, der Rest wird von den rauschenden Zustimmungskundgebungen verschlungen)

## Größe

Die Dinge sind nur groß, wenn man die Möglichkeit hat, sie von oben zu sehen. Um zu erkennen, daß der Montblanc groß ist, muß ich ihn von seiner Spitze oder vom Luftballon aus betrachten. Solange ich ihn besteige, sehe ich ihn überhaupt nicht.

## Antike

Daß man das Weltalter, das um zwei bis drei Jahrtausende jünger ist als das unsere, das Altertum nennt, beruht auf derselben naiven

Optik, nach der wir uns unseren Großpapa unter allen Umständen als alten Herrn vorstellen, während er doch in Wirklichkeit jünger war als wir, nämlich wärmer, unkomplizierter, kindlicher.

## Gegenwart

Die Geschichte der Gegenwart hat zu ihrem Mundstück bloß den Geist des »Herausgebers«, eines verschlagenen, zelotischen, mit der eisernsten Entschlossenheit zur Lüge gepanzerten Geschöpfs, das nur sich und seinem Parteidogma dient: ob es sich hierbei um die Herausgabe von Schulbüchern oder Blaubüchern, diplomatischen Noten oder Generalstabsberichten oder aber um wirkliche Journale handelt, macht keinen Unterschied: alle Beiträge zur Gegenwartsgeschichte haben den Wahrheitswert der Zeitung.

Vergangenheitsgeschichte ist kaum möglich, Gegenwartsgeschichte unmöglich, und zwar aus einem sehr einfachen Grunde: eben weil sie von der vorhandenen, sichtbaren, körperlichen Gegenwart handelt. Denn es gibt nichts Unverständlicheres als den Augenblick und nichts Unwirklicheres als die physische Existenz. Der Nebel der Ungewißheit, statt sich zu lichten, verdickt sich mit jedem Tage der Annäherung an das Heute, und wir haben von Zeitläuften, Personen, Ereignissen, die »zu uns gehören«, ungefähr ebenso treffende Bilder wie von unseren nächsten Familienangehörigen, denen wir Liebe oder (seit Freud) Haß entgegenbringen, aber niemals Erkenntnis.

## Zeit

Der Zeitgenosse sieht ein historisches Ereignis nie im Ganzen, immer nur in Stücken; er empfängt den Roman in lauter willkürlich abgeteilten Lieferungen, die unregelmäßig erscheinen und nicht selten ganz ausbleiben. Dazu kommt noch, daß die Entfernung bei der Zeitvorstellung eine andere Bedeutung hat als bei der Raumvorstellung, nämlich die umgekehrte: sie verkleinert nicht, sondern wirkt im Gegenteil wie ein Vergrößerungsglas. Hierdurch gewinnen Bewegungen, die wir aus einer gewissen Zeitdistanz betrachten, eine Deutlichkeit, die sie für die Mitlebenden nicht hatten; sie erscheinen uns allerdings auch weit schneller, als sie in Wirklichkeit waren, aber auch dies erleichtert ihr Verständnis.

## Schauspielerinflation

Das Ideal ist zweifellos ein Ensemble von Prominenten, in dem einer am anderen sich mißt und steigert und aus der Reibung starker entgegengesetzter Polaritäten Funken und Flammen entstehen. Ein solches Ensemble war im alten Burgtheater bei Reinhardt, bei Brahm. Neuerdings aber dürfen wir die Prominenten nur als Solokrebse genießen, derartige deutsche Importeure halten sich in fast allen Wiener Theatern feil, aber immer nur in der Einzahl. Hiermit ist jedoch glücklich das Niveau der Operette erreicht, in der ebenfalls ein einzelner blendender Star vorzuhüpfen pflegt mit der Versicherung: »Ich bin die Sprudelfee«, während zehn andere junge Damen, die ihn im Halbkreis umgeben, nichts zu tun haben als kräftig zu bestätigen: »Ja, ja, die Sprudelfee!« Dies wäre aber noch immer erträglicher als die nunmehr ins Werk gesetzte Einschleppung ganzer reichsdeutscher Ensembles, bestehend aus wohldressierten, trostlos guten Schauspielern, die der Besitzer der Theaterfakturei lediglich nach den Gesichtspunkten der Billigkeit durch gleichgültige Agenten anwerben läßt (auf dieselbe kulturlose Art, wie Parvenus sich heutzutage durch ihre Sekretäre ganze Bibliotheken zusammenstellen lassen), ein System, das in Wien weder geübt wird noch dasselbe Resultat haben könnte: denn die Tatsache, daß in dieser Stadt jeder Einspännerkutscher und jeder Briefträger eine Individualität ist, kommt, so nachteilig sie der Post und Personenbeförderung sein mag, der Schauspielerei sehr zugute. Diese Methode muß, dauernd und allgemein angewandt, unfehlbar zur Verbofelung des Theaters führen, zum künstlerischen Wertheim und Kempinski: man wird Beefsteaks und Hummer, gebackene Austern und Trüffelpastete vorgesetzt bekommen, aber alles wird ganz gleich schmecken, weil es aus ein und derselben patentierten Universalmasse hergestellt sein wird. Wir verzichten auf den Import solcher minderwertiger Fertigware; lieber sollen doch Gabor Steiner und Miksa Preger die Berliner Staatstheater übernehmen.

# Die Theaterkritiken

## 1923-1924
### »Concordia«-Feier für Raimund

Vor einiger Zeit bekam ich einen Brief von einem Verehrer aus Argentinien. Nun, daran ist noch nichts Bemerkenswertes, denn man wird doch wohl nicht daran gezweifelt haben, daß ich auch in Südamerika meine Gemeinde habe. Das Bemerkenswerte daran war bloß die Adresse. Sie lautete nämlich: Herrn Dr. Egon Friedell, Präsident der »Concordia«. Dies habe ich nun mit gemischten Gefühlen aufgenommen: einerseits war ich natürlich geschmeichelt, andererseits aber fiel es mir schwer auf die Seele, daß ich diese Würde nicht nur nicht besitze, sondern auch gar keine Aussicht habe, sie jemals zu erlangen. Aber träumen wir einmal den Traum, ich hätte Aussicht auf sie, ja, ich hätte sie schon erreicht: also dann würde ich zunächst einmal der »Stunde« sofort kündigen und dann würde ich natürlich auch eine Raimund-Feier veranstalten, aber eine andere. Ich würde zum Beispiel eines der vielen wundervollen Stücke dieses Dichters hervorholen, die fast nie gespielt werden, etwa den »Alpenkönig«, den man Raimunds »Faust« nennen könnte, oder den »Diamant des Geisterkönigs«, ein Werk von ebenso versteckter wie verkannter Tiefe (ähnlich der »Zauberflöte«), und dann würde ich es mit jenen Schauspielern besetzen, die noch den Raimund-Stil haben, also etwa mit der Medelsky, der Hedwig Keller und Thaller, Oskar Sachs, Pallenberg, Edthofer, Forest, Karl Kraus (dem ich zu diesem Zweck geschickt verheimlichen würde, daß ich Präsident der »Concordia« bin). Keineswegs würde ich aber ein Quodlibet aufführen lassen: 1. Akt: »Barometermacher«, 2. Akt: »Bauer als Millionär«, 3. Akt: »Verschwender«. Denn das erinnert an eine Kochkunstausstellung oder an den Wohnungsgeschmack der achtziger Jahre, da der Salon Empire, das Speisezimmer Renaissance, das Schlafzimmer gotisch war. Was die Darstellung anlangt, die jene drei Ansichtslieferungen im Burgtheater gefunden hat, so bin ich zwar, wie gesagt, nicht Präsident der »Concordia«, aber so viel Solidaritätsgefühl habe ich doch im Leib, daß ich weiß, daß man Schauspieler, die bei »Concordia«-Veranstaltungen mitwirken, rücksichtslos loben muß; und so tue ich es denn!

## »Antonius und Kleopatra«

An diesem Stück haben selbst alle »berufenen« Kritiker, von Ben Jonson bis Brandes, getadelt, daß es schlecht komponiert sei. Nun, gerade das empfinden wir heute nicht mehr als Einwand, sondern eher als Vorzug, denn wir haben endlich wieder einmal erkannt, was nicht bloß Shakespeare, sondern auch seine weniger arrivierten Kollegen längst wußten: daß es nichts Langweiligeres gibt als ein gutgebautes Theaterstück. »Antonius und Kleopatra« ist kein Drama, sondern ein dramatischer Karton, ein aufgeregtes, undurchsichtiges, vielleicht sogar gewollt undurchsichtiges Hin und Her voll Leben, Farbe, Widerspruch und Bewegtheit und bisweilen sogar das erschütternde Gemälde eines ganzen, schon vom Tod gezeichneten Kulturkreises. Eigentlich ein Strindberg-Stück, aber im Zeitalter Strindbergs doch ein wenig primitiv anmutend. Daneben handelt es sich offenbar um den Versuch, diese Sexualtragödie zum Symbol eines großen welthistorischen Geschehens zu erhöhen. Im Grund ist das römische Weltreich, wie es sich unter den Triumviraten endgültig konsolidiert hat, die letzte geschichtliche Auswirkung des Alexanderzuges. Der helle, tatkräftige Geist des Westens unterwirft sich das längst für den Untergang reife Morgenland, aber bei dieser Berührung vergiftet er sich selbst, und Roms Weltherrschaft birgt in sich von allem Anfang an den Keim der Verwesung. Das ist die Geschichte von Antonius und Kleopatra; oder sie will es wenigstens sein. Ganz ist dieses interessante Projekt nicht in die Realität des Theaters umgesetzt worden. Dieselbe Handlung wurde immer wieder von vorn angekurbelt und dabei ohne wesentliche Modulationen, so daß sich alsbald des Zuschauers eine Art Drehkrankheit zu bemächtigen beginnt und die Teilnahme von Szene zu Szene immer mehr erschlafft, denn spätestens von der Mitte des Dramas an weiß man alles: daß Kleopatra ein Mistvieh ist und Antonius an ihr unheilbar erkrankt, beide aber doch von höchst adeligem Seelenrange und nicht so ohne weiteres abzutun, wie andere Liebespaare in ähnlicher Situation; und die politische Aktion wirkt daneben doch als eine mehr mandelbogenartige Staffage. Aber alles in allem und wie es von diesem Autor ja gar nicht anders zu erwarten ist: eine schöne Talentprobe, reich an einprägsamen Theatermomenten, feinen psychologischen Beobachtungen und glücklich formulierten Aussprüchen, die die vortreffliche Übersetzung Stefan Hocks aufs subtilste und schlagkräftigste vermittelt.

Auch die Regie Heines tut alles, um die Mängel des Werkes liebevoll zu verkleistern und besonders die Grundintension der Dichtung: die Kontrastierung von West und Ost erhebt sich zu eindrucksvollster Plastik. Einzelne Szenen gelangten dadurch zu einer ganz neuartigen Phosphoreszenz. Die Medelsky steigert, indem sie die magische Dämonie und Schicksalhaftigkeit ihrer ganzen Beziehung zu Antonius erkennen läßt, ihr Spiel von allem Anfang an zu einem ungewöhnlichen Kunsterlebnis, hierin aufs Wirksamste unterstützt von Aslan, der für derartige reizvolle Repräsentanten abwelkender Kulturen heute einer der geeignetsten Darsteller ist. Aus der ganz blaß geratenen, gleichsam nur mit Bleistift skizzierten Figur des Cäsar holt Schott alles, was aus ihr zu holen ist, ebenso Frau Pünkösdy aus der Octavia, die im höchsten Maß das ist, was man ein »Wurzen« zu nennen pflegt. Frau Aknay macht durch ihre starke Empfindung aus der Sklavin Charmion eine Vorderfigur. Auch die übrigen Episoden setzen sich alle scharf und fein gegeneinander ab: besonders zu rühmen wären vielleicht Enobarbus Daneggers, die drei Boten Rombergs, Paulsens und Treßlers, der diskrete Humor Schmöles, der Takt des Herrn Eidlitz und die schauerlich skurrile Mystik Heines.

Natürlich hätte ich auch allerlei Einwände; aber ich kann sie unmöglich sagen, weil ich mich, mit Ausnahme von Shakespeare, mit allen Beteiligten verhalten will.

## » Komödie der Irrungen«

Also von der »Komödie der Irrungen« wird doch wohl der unbekehrbarste Shakespeareomane zugeben, daß sie ein Schmarren ist. Schon die ganze Voraussetzung, auf der sie beruht, ist für moderne Zuschauer unannehmbar. Da sind zwei Brüder, die ganz gleich heißen, was schon eine Seltenheit ist, da man Namen gewöhnlich zum Zweck der Unterscheidung gibt, und die sich zum Verwechseln ähnlich sehen, was noch seltener vorkommt, und die zwei Diener haben, die ebenfalls gleich heißen und sich ebenfalls zum Verwechseln ähnlich sehen, und das kommt schon fast gar nicht mehr vor. Schade, daß nicht auch die beiden Schwestern, die die beiden

Brüder lieben, austauschbare Zwillinge sind: es wäre schon in einem Aufwaschen gegangen. Man braucht wirklich nicht weniger modern zu sein als der alte Laube, der bereits erklärt hat, daß die meisten Lustspiele Shakespeares für uns insipid geworden seien. An der Posse »Zeitvertreib«, die dann folgte, hat Nestroy sicher nicht länger als einen Tag gearbeitet; trotzdem ist sie voll liebenswürdiger und lustiger Einfälle.

Herr Böhm ist eine interessante Mischung aus Kean und Mitterwurzer, Herr Loibner eine Synthese aus Thespis, Talma und Novelli, Fräulein Rie erinnert teils an die Fanny Elßler, teils an die Judith, teils an die unvergeßliche Neuberin.

Die Herren Neugebauer, Ziegler, Ehman, Zeisel, Wall und Kersten und die Damen Kaiser und Frasser gelangen bis an die äußersten Grenzen schauspielerischer Möglichkeiten. Lina Loos überschreitet sie, Maria Guttmann läßt sie weit hinter sich. So, und jetzt hoffe ich, wenn ich nächstens ins Konversationszimmer des Raimundtheaters komme, nicht wieder mit so eisigem Schweigen empfangen zu werden wie das letztemal.

## » Der Richter von Zalamea«

Wieder mal Calderon. Man hat diesmal ein Inszenierungssystem gewählt, das so uralt ist, daß es fast wieder wie neu wirkt: nämlich ganz einfache zweidimensionale Kulissen und Hintergründe, die bei verdunkelter Bühne rasch und lautlos ausgewechselt werden können, ganz primitiv gemalt, weder naturalistisch noch expressionistisch, sondern wie in einem Kindertheater. Das wirkt angenehm anspruchslos und paßt sehr gut zu dem ganzen Stil des Stückes, das ein richtiges, ewiges Theaterstück ist, vortrefflich gebaut, weiträumig gegliedert, klar und bunt, wie es die Menschen im Theater haben wollen. Es ist doch wohl kein Zufall, daß diese Art Dramen durch Jahrhunderte ihre Anziehungskraft bewahren, obgleich ihre seelischen Voraussetzungen längst nicht mehr vorhanden sind: es weht in ihnen eine gesunde, kräftige, belebende, nicht zu dicke, nicht zu dünne Luft, die jedes Zeitalter gern einatmet. Was die Darstellung anlangt, so wollen wir uns alle kränkenden Vergleiche mit Ekhof, Seydelmann und der großen Schröder sparen. Herr Reimers ist als Richter voll Saft, Humor und erfrischender Natur, die höchsten Momente verbürgerlicht er. Herr Höbling ist als Don Alvaro dekorativ, aber daß er wirklich ein Mensch von ganz anderer Rasse ist, der unmöglich eine Bauerntochter heiraten kann, glaubt man ihm nicht. Eher möchte man annehmen, daß das zarte, vornehme Fräulein Wall, das als Isabell debütierte, mit ihm eine Mesalliance eingeht: auch Herr Devrient als Don Lope ist einer der nobelsten Flegel, die man sich denken kann. Die kleineren Rollen sind ein wenig vernachlässigt, bis auf den prachtvollen König Heines.

## »Über allem Zauber Liebe« im Konzerthaus

Eine äußerst gelungene, ungemein reizvolle Vorstellung. Prachtvoll ist der Stil der Barockantike getroffen, wie sie der Phantasie der damaligen Zeit vorschwebte: eine historische Historie. Ein wunderschöner Gobelin wird aufgerollt, voll sprühender Farbe, geistreicher Anmut und geschmackvoller Bizarrerie; nur die komischen Szenen wirken leer und strohig. Komik ist eben das, was in jedem Kunstwerk am schnellsten veraltet: das liegt vermutlich daran, daß sie immer auf naturalistische Formen angewiesen ist und jede Zeit eben einen anderen Naturalismus hat. Frau Wohlgemuth ist als Circe einfach berückend. Herr Aslan als Ulysses von einer zartgetönten, aber etwas faden Noblesse. Herr Höbling als Barbarenprinz sehr farbig, und Herr Meyerhofer gibt einen Riesen so amüsant und glaubhaft, wie er wahrscheinlich noch nie dargestellt worden ist; das Problem ist auch technisch von Meister Geyling ausgezeichnet gelöst. Die Lustspieleinlagen sind, wie gesagt, sehr schal, aber der junge Thimig ist sehr lustig. Die Tänze sind charmant, und die Musik Künnekes betont sehr glücklich das romantische Element des Kindlich-Pomphaften, Magisch-Unwirklichen und Spielerisch-Unverantwortlichen, aus dem dieser ganze Theaterspuk geboren ist. Alles in allem: eine liebenswürdige Niaiserie von erlesener Kostbarkeit, ein entzückendes Luxusspielzeug von rührender Zerbrechlichkeit. Hoffentlich ist dies aber nur der rauschende Auftakt zu einem ganzen Calderon-Zyklus. Alle Autos zu spielen wäre vielleicht ein wenig zuviel verlangt, aber sagen wir einmal: die Hälfte; und dann doch wenigstens die paar hundert Zwischenspiele vollzählig und vor allem die Loas! Ich muß doch einmal gleich den Hofrat Glossy fragen, aber mir ist ganz so, als ob in Wien überhaupt noch keine Loas von Calderon gespielt worden wäre; von den Saynetes weiß ich es also bestimmt. Na und dazwischen vielleicht, damit die anderen nicht böse sind, ein paar fesche Fragoses oder Salazars; dann wird's schon werden.

## »Wilhelm Tell«

An einem Feiertagabend im Mai ins Theater gehen zu müssen, ist eine starke Zumutung. Wenn man es trotzdem nicht als solche empfindet, so ist das wohl vor allem Friedrich Schiller zu danken, der im »Tell« unübertreffliches, unveraltbares Theater gemacht hat, einen Farbenreigen straffer, gefülltester Szenen voll Glanz und Pracht, der von einer genialen Strategie der dramatischen Führung ist, die bedingungslos überwältigt. Zum Teil ist es aber doch auch auf die ausgezeichnete Inszenierung Direktor Bernaus zurückzuführen, der die lange und beim Lesen bisweilen überlange Szenenreihe zu einer atemlosen, fast gespenstisch einprägsamen Bilderflucht kondensiert hat, alle Ansätze zum Theaterbauerntum durch eine Atmosphäre unheimlicher Gepreßtheit, die er um das Ganze legt, im Keim erstickt und den vielleicht einzigen Fehler dieses Meisterstückes, die liberalen Arien, in ein so gehetztes Stakkato auflöst. Und den Szenenbildern Strnads gelingt es hier einmal, fern vom Naturalismus und fern von der Illusionsbühne streng expressionistisch zu bleiben, ohne daß der Spielplatz dadurch in einen Narrenturm oder in ein kahles, reizloses Gerüst verwandelt wird. Einzelne Szenen, sonst Nieten, gelangten dadurch plötzlich zu der ihnen innewohnenden Leuchtkraft, so zum Beispiel das erste Gespräch zwischen Berta und Rudenz. Die Darsteller, alle aufs feinste und stärkste ineinandergreifend, alles wie aus einem einzigen Handgelenk geschnellt. Prachtvoll der Tell des Herrn Klitsch, er gibt den hellen Tell, unversonnen, naiv, ein reines jubelndes Stück Natur – die einzige künstlerische Rettungsmöglichkeit für diese Figur. Nur eines wäre zu monieren: warum amputiert man in der letzten Zeit die wundervollen Opernbestandteile des »Tell«: den Sonnenaufgang am Schluß der Rütliszene, den Chor der Barmherzigen Brüder usw.? Diese Stücke sind nicht nur echtester Schiller, sie sind nicht nur von leuchtendster Theaterwirksamkeit, sondern sie gehören auch zum Kühnsten und Originellsten, was je für eine Bühne erdacht wurde. Man soll nicht theaterverständiger sein wollen als Schiller; es genügt vollkommen, wenn man ebenso gescheit ist.

## »Fiesco«

Herr Treßler nimmt den Fiesco ganz kavaliermäßig, und dieser Teil der Rolle gelingt ihm auch; aber was sonst noch hinter dem Fiesco steht, blieb er vollkommen schuldig. Er »bringt« alle vorgeschriebenen Betonungen und Stellungen mit ausgezeichneter Routine; mehr nicht. Er hat Anstand, aber er ist nicht edel; er ist freundlich, aber ganz und gar ohne die von Schiller dazu gewünschte Majestät. Dem scharf und sicher konturierten Andreas Daneggers glaubt man, daß Genua vor ihm zittert. Die Besetzung der übrigen Hauptrollen ist bekannt. Ebenso die herrliche Leinwandinszenierung, die, fast zwanzig Jahre alt, schon recht bedenklich scheppert.

## » Penthesilea« (Im Stile Alfred Kerrs)
### I.

Es ist, o Freunde, glaubet mir, enorm vieles an diesem königlichen preußischen Offizier, worüber die Zeit hinweggerutscht ist. Den Griff hat er. Das Profilumreißende hat er. Den Schmiß ins Überlebensgroße hat er. Und wirkt dennoch (für uns) als Puppiges, Attrappiges, Cancanmäßiges, Riesenspielzeughaftes.

Alles in allem: ein Zinn-Gulliver.

### II.

Es bleibt (für uns) zweierlei: Erstens:

### III.

Also erstens: diese hinreißende, unwahrscheinlich gefühlssichere Musikalität der Sprache. Diese »Penthesilea« ist, stelle ich hiemit fest, kein Dichterwerk, sondern eine Partitur.

### IV.

Und zweitens: Denken S'amol noch, Herr Nochbör, wie man in der Stadt der leckeren »Marüllenschinken« und holden »G'spussis«

sagt, denken S' amol noch: ist da nicht die ganze Zauberlehre jenes p. p. Freud vorgewittert?

Ein Volk von jungen Damen, die nur das Waffenhandwerk lieben ... aber was lieben sie da eigentlich so inbrünstig? Eine Seminararbeit für einen strebsamen Psychoanalytiker. Ich jedoch muß weiter eilen.

## V.

Also ... also da wäre ... zunächst Herr Hetterich. Ein strammer Expressionist. Probieren Sie's doch mal und kommen Sie dem mit was nicht Würfligem. Rausschmeißen tut er Sie, so wahr ich lebe. (Näheres, Belichtendes, endgültig Bilanzierendes über Neukunst lese man nach in »Die Welt im Drama«, Band II, Seite 326–331.)

Herr Aslan: Raoul Kainzowitsch Moissisohn. Nur ein Enkel des großen Leuchtsprudlers Josef, aber immerhin ein Enkel (oder andersrum ausgedrückt: ein Windhund, aber mit erstklassigem Pedigree).

Die Pünkösdy hinwiederum ist eine Helene Thimig für Taschengebrauch. Oder: für Unterklassen. Oder wie's im Baedeker heißt: für einfache Touristen.

Und nun noch die vieln anderen süßen Beeneken, och, och, och! Da war' ich och gern genug amol Myrmidone gwen. (Mecht ma sprechen.)

## VI.

Fass' ich zusammen all die Bilder,
Mit denen ich erlabet war,
So sag' ich schließlich als ein milder,
Doch selbstbewußter Kritiker:
Ich danke Meister Herterichen,
Daß er dies Dichtwerk uns geschenkt
Und mit ein paar beherzten Strichen
Vor unser heut'ges Aug' gelenkt.
Jedoch ich kann mir nicht verhehlen,
Daß das Gelauf der Menschenschar,

Das ganze Rasseln mit den Stählen,
Nicht dringend war,
nicht dringend war.

## Grillparzers »Jüdin von Toledo«

Mit König Alfons ist Moissi eine seiner reifsten, farbigsten und einschmeichelndsten Schöpfungen geglückt. Es ist rührend zu sehen, wie dieser reine Künstler immer wieder um die höchsten Gestalten wirbt, während fast alle Besten seines Standes im rohen Sensationsschlager und glatten Amüsierspiegel oder gar in der Operette versanden. Es ist schwer zu entscheiden, ob an diesem Abend Moissi oder Grillparzer den größeren Anteil hat, so vollkommen decken sich Mensch und Rolle: ich möchte fast glauben, daß Moissi diesmal der größere Dichter ist, nämlich der kompliziertere, facettenreichere, ironisch überlegenere, menschlich reichere. Besonders im vierten Akt, der zugleich der Höhepunkt des Stückes ist, erreicht er einen grandiosen Gipfel. Neben ihm stehen die Königin der Steinsieck, die mit ihrer vornehmen Kunst des Aussparens einen stillen, aber tiefen Eindruck erzielt. Die Orska ist ja wohl, was man ein Theaterblut zu nennen pflegt: aber es fehlt ihr in einem ganz erstaunlichen Maße an Takt, Geschmack und jeglichem Gefühl für jene gefährliche Grenze, wo »starke Wirkung« in Belästigung aufzugehen droht.

## Gerhart Hauptmanns »Weißer Heiland«

Das Erlebnis des gestrigen Abends hieß nicht Hauptmann, sondern Moissi. Nie ist Moissi einer Aufgabe so entgegengekommen, aber auch noch nie hat er eine Figur so gefüllt, durchfärbt, gesteigert, so mit seiner eigenen Anämie durchblutet, einer »Anämie der alten Rassen«, wie Speidel sich einmal ausdrückte, voll adeliger Fragilität und – Freund Ullmann wird gestatten – getöntester Morbidezza. Was er herzerschütternd gestaltet, ist die Angst vor dem Leben, die »angoisse de la vie«, die jede Kreatur quälend durchdringt. Das Drama selbst ist eine bewunderungswürdige Niete. Die Grundidee ist wundervoll: sogenannte Christen, in Wahrheit imperialistische Banditen, wollen nach Mexiko Religion und Kultur bringen und müssen bemerken, daß die sogenannten Wilden diesen Glauben nicht nur längst haben, sondern ihn auch wahrhaft leben.

Aber es hat dem Dichter bei der Ausführung an zweierlei gefehlt: an dem Mut und der Phantasie, Historie und Exotik magisch wiederzubeleben, und an der Fülle und dem Furor der strafenden Satire, die sich befugt und befähigt weiß, ein Weltgericht abzuhalten. Das erste kann unter den heute Lebenden nur Shaw; wer allein das zweite vermag, weiß in Wien jeder Mensch. Die Bühnenbilder von Strnad sind kleine Meisterwerke. Wir behalten uns vor, auf Werk und Aufführung in der heurigen »Bösenbubenzeitung« noch ausführlich zurückzukommen.

## Hermann Bahrs 60. Geburtstag im Volkstheater

Der »Rahl«, dem ersten Werk seiner großen Romanserie, hat Hermann Bahr eine Art Selbstanzeige beigelegt, in der er bekennt, es hat ihn seit Jahren gereizt, sich ein Verzeichnis der sämtlichen menschlichen Typen anzulegen, und so wolle er denn »einen Atlas der Menschheit aufziehen« und zum Schluß den Versuch machen, »jeden der in der heutigen bürgerlichen Welt möglichen Typus auf seinen höchsten Ausdruck zu bringen und in einem vollkommenen Exemplar so darzustellen, daß darin der Typus ganz zum Individuum, das Individuum ganz zum Typus geworden erscheint«. Was den kleinen, aber vielfältigen Kosmos des Theaters anlangt, jenen glänzenden und gefräßigen, bunten und boshaften Polypenstock, dessen geheimnisvolles nächtiges Treiben die Menschen immer von neuem reizt, so hat Bahr das Ziel, das er sich damals gesetzt hat, längst erreicht und am hinreißendsten in der »Gelben Nachtigall«. Die Aufgabe aller Kunst, gerade im Einmaligen, Besonderen, Unwiederholbaren die bleibende platonische Idee ahnen zu lassen, ist hier aufs schönste gelöst. Die Aufführung dieses Stückes war daher die liebevollste und verständigste Ehrung, die das Deutsche Volkstheater diesem freien und reichen Geist zu seinem sechzigsten Geburtstag erweisen konnte.

Weniger liebenswürdig war es hingegen von der Direktion, wieder einmal keine Generalprobe zu veranstalten. Ich begebe mich daher, was die Darstellung und Inszenierung anbelangt (aus den letzthin hier erörterten Gründen) in den Generalstreik. Ich bin mir sehr wohl bewußt, um welche kostbare Belehrungen ich dadurch die Leser der »Stunde« bringe, und man möge mir die Versicherung glauben, daß mir dieser Entschluß nicht leicht geworden ist, um so mehr, als ja auch ich auf ein erlesenes Vergnügen verzichten muß, denn was könnte reizvoller und anregender sein, als die Leistungen der einzelnen Schauspieler mit treffenden Adjektiven zu belegen? Aber wo es sich um Prinzipien handelt, hat der Genuß zurückzutreten. Wer sich anmaßt, über andere zu richten, muß auch gegen sich selbst streng sein können. Sittliche Höhe ist das erste Erfordernis für den Kritiker, wie Alexander Moissi richtig hervorgehoben hat. All ihr Geist und alle ihre Schönheit können den Rezensenten nichts nützen, wenn sie keine großen Charaktere sind. Was wir brauchen, sind Menschen von Grundsätzen, starke, bis zum Starrsinn unbeugsame Naturen. Ein Schuß Kohlhaas muß in die Kritik kommen!

## Bahr noch zu einer anderen Geburtstagsfeier

In Hermann Bahrs »Wienerinnen«, jenem bereits ein wenig nachdunkelndem Genrebildchen aus dem Wien des Fin de siècle, dem längst verwelkten Wien der Olbrich-Zeit, hat Viktor Kutschera gestern seinen sechzigsten Geburtstag und sein vierzigjähriges Bühnenjubiläum gefeiert. Es besteht eine tief verwurzelte und seltsam rührende Verwandtschaft zwischen diesem Dichter und diesem Schauspieler. In beiden Jubilaren lebt Wien, jene einmalige Menschenvarietät, wie sie mit nur unbedeutenden historischen Schwankungen von der Babenbergerzeit bis zur Lueger-Zeit immer gleichgeblieben ist: eine ganze Landschaft mit dem von ihr genährten und entwickelten Menschenschlag ist in diesen beiden klingend und leuchtend geworden. Das Grundwesen des Wieners besteht in der feudalen Fähigkeit, ja Nötigung, mit allem zu spielen, alles von der freien, aber auch völlig unverantwortlichen Höhe einer Skepsis zu betrachten, der alles gleich wichtig und gleich unwichtig ist: das ist der unverlierbare Zug im Wiener, auf den die anderen Deutschen mit einer gewissen Geringschätzung, aber mit noch viel mehr Neid blicken. Dieser verspielte, völlig unernste, völlig würdelose Geist trat bei dem gestrigen Kutschera-Jubiläum aufs angenehmste in Erscheinung; es war ein vollendetes Zusammenspiel zwischen Jubilar und Publikum. Es war, um es mit einem Wort zu bezeichnen, das aber ebenfalls das Spezialeigentum Hermann Bahrs ist und das ich mir zu diesem festlichen Anlaß auf einen Tag auszuleihen gestatte, eine echte und rechte Barockfeier. Besonders reizend waren die Reden von Albert Heine und Direktor Fronz. Und dann gab es natürlich auch Lorbeeren. Hauptsächlich aber Körbe mit Wein und Schnäpsen. Sehr vernünftig! Aber andererseits doch wieder traurig, bedenkt man, wie lange ein Künstler schaffen muß, bis er einmal in seinem Leben genug zu trinken bekommt.

## Der Alkohol

Der Alkohol ist ein Gift. Das haben die Physiologen bewiesen. Aber gegen den Alkohol ist damit gar nichts bewiesen. Denn ein Gift kann immer noch eine Medizin sein.

Der Alkohol gleicht auch darin einer Medizin, daß es schlecht schmeckt. Leute, die geistige Getränke zu sich nehmen, weil sie ihnen gut schmecken, sind gar keine Alkoholiker. Sie trinken den Alkohol nicht, sie essen ihn. Sie sind alle noch leicht zu retten; denn man könnte ihnen jederzeit Bier, Wein oder Branntwein durch ein anderes Gericht ersetzen, das noch schmackhafter ist. Der richtige Alkoholiker trinkt mit Überwindung. Für ihn ist die Weinflasche identisch mit der Lebertran- oder Kirschlorbeerflasche.

»Wann wird denn endlich«, rufen die Antialkoholiker mit Emphase, »die Menschheit so weit sein, daß sie sich nicht mehr betäuben muß? Daß sie dieses schädliche, unwürdige und unmännliche Gift nicht mehr braucht?«

Wann? In dem Augenblick, wo alle Niedertracht, Ungerechtigkeit, Roheit und Dummheit aus unseren Mitmenschen entfernt sein wird. In dem Augenblick, wo alle Unvollkommenheit, Unnatürlichkeit, Krankheit und Unfähigkeit aus uns selbst entfernt sein wird. Dann werden wir den Alkohol nicht mehr brauchen, der ja nichts anderes ist als ein Antitoxin gegen die Enttäuschungen, die die anderen und wir selbst uns bereiten. Dann wird der Name »Alkohol« für uns nicht mehr bedeuten als etwa der Name »Wasserstoffsuperoxyd«.

Viele Künstler waren Alkoholiker. Aber man muß sich hier vor einer Verwechslung von Ursache und Wirkung hüten. Sie waren nicht Künstler, weil sie Alkoholiker waren. Sie waren Alkoholiker, weil sie Künstler waren. Weil sie Künstler waren, empfanden sie die Häßlichkeit und Unzulänglichkeit gewisser Realitäten tiefer und schärfer, und dies machte sie zu Alkoholikern.

Daß aber umgekehrt der Alkohol die künstlerische Inspiration irgendwie fördern kann, daß die »Muse« sich durch gegorene Kohlehydrate anlocken läßt, ist unwahrscheinlich. Sie läßt mit sich keine Geschäfte machen. Und wenn ein Künstler sich durch Spirituosen auf eine unwahre und unredliche Weise in Stimmungen versetzt hat, die gar nicht die seinigen sind, so darf er sich nicht wundern, daß niemand ihm diese erschlichenen Stimmungen glaubt.

Die *natürlichen* Räusche aber sind nicht beim Schnapshändler für Geld zu kaufen. Diese Räusche sind wirklich, ja sie sind wirklicher als alle Wirklichkeit. Es ist aber sicher, daß sie um so zögernder herankommen werden, je mehr man sie durch Gewaltmittel herbeizwingen will.

## Angst

Der Mensch muß immer gewappnet, auf alles gefaßt sein, immer auf dem »Qui vive« stehen. Er muß mit allen Möglichkeiten bereits gerechnet haben, ehe sie eingetreten sind. Daher gehört sogar ein gewisser Verfolgungswahn zu den Bedingungen einer weisen Lebensführung.

# Friedell-Anekdoten

Eines Tages erzählte Egon: »Gestern hat mir Hermine (die Haushälterin) gesagt, ihr wären zehn Schilling aus der Handtasche gestohlen worden. Der Verdacht falle auf Hans. Zur Rechenschaft gezogen, bestritt mein Neffe jedoch entschieden den Diebstahl. Aber ich habe der Stimme meines Blutes gelauscht und ihm nicht geglaubt.«

Auf dem Kurfürstendamm in Berlin begegnete Egon der alten Adele Sandrock. »Wohin, Herr Doktor?« »Ins Theater.« »Kritisieren?« »Nein, spielen!« »Schrecklich«, sagte sie mit ihrem tiefsten Baß und schritt weiter.

Anton Kuh sandte dem Berliner »Querschnitt« unter eigenem Namen eine alte Humoreske von Friedell. Als die Geschichte erschienen war, schrieb Egon an den Plagiator: »Sehr geschätzter Herr Anton Kuh, mit Vergnügen sehe ich, daß Sie meine Plauderei ›Kaiser Josef und die Prostituierte‹ in unveränderter Wiedergabe, nur mit der Abänderung der drei kleinen Worte: von Anton Kuh, publiziert haben. Es ehrt mich, daß Ihre Wahl gerade auf mein bescheidenes, anspruchsloses Histörchen gefallen ist, da Ihnen doch die gesamte Weltliteratur seit Homer zur Verfügung stand. Ich hätte mich auch gerne revanchiert, doch nach Durchsicht Ihres gesamten Oeuvres fand ich nichts, worunter ich meinen Namen setzen möchte...«

Egon verbrachte den Silvesterabend auf dem Harthof bei Gloggnitz im Hause eines Antialkoholikers. Am Neujahrsmorgen – bei Schnee und strahlender Sonne – sagt er zur Hausfrau voll Zärtlichkeit: »Lieber mit dir nüchtern als mit einer anderen stinkbesoffen.«

Seine Freundin Lina sagte zu ihm: »Ich stelle mir vor, deine Kulturgeschichte enthält alles, was mich nicht interessiert.«

»So umfassend ist sie wieder nicht«, antwortete der Autor bescheiden.

# Zeitgeist

Gewisse Menschen schmecken fade, gleich chemisch reinem Wasser. Was hilft es uns, daß der Kenner uns versichert, hier sei Wasser, unser Lebensquell, in seiner edelsten, geläutertsten Form, in seiner Idee gleichsam, nichts mehr sei da als reines H und reines O: wir mögen es doch nicht trinken. Lieber noch halten wir die Hand unter die Dachtraufe. Und ebenso geht es uns mit Leuten, die nur die allgemeinen Bestandteile des Menschen haben und weiter nichts. Sie sind uns eben zu destilliert, zu »abgeklärt«, wie wir höflich umschreibend sagen: in Wirklichkeit aber meinen wir damit ganz einfach, daß sie ungenießbar sind. Sie sind ohne Farbe, Geschmack und Nährwert, sie haben keine Salze und keinen Erdgehalt. Dasselbe gilt von ganzen Zeitaltern: sie sind nichts Lebendiges, keine Quellen; alles ist aus ihnen herausgeschlämmt, herausgedämpft; es fehlt ihnen an scharfen Säuren und bitteren, unlöslichen Bestandteilen: an Problemen.

## Banalität

Die Bemerkung: »Das ist mir nichts Neues, das habe ich schon irgendwo gehört« wird man am häufigsten im Munde untalentierter, unkünstlerischer, unproduktiver Menschen hören. Der begabte Mensch hingegen weiß, daß er nichts »schon irgendwo gehört hat« und daß alles neu ist.

## Liebe

Liebe ist zumeist ein Kontrakt, den zwei Eitelkeiten miteinander schließen; wobei gewöhnlich eine Partei die überfordernde ist.

## Bildung

Im Grunde können wir den andern nur sagen, was sie schon wissen. Wir vermögen einem Menschen nur diejenigen Dinge mitzuteilen, die er immer schon latent in sich gehabt hat. Im anderen Falle wird er sie entweder rundweg ablehnen oder so lange »auf seine Art« auslegen, bis sie ihm ähnlich sind und nicht mehr uns.

## Mythologie

Unsere Mythologie lesen wir täglich dreimal in der Zeitung.

## Schicksal

Dem Menschen bleibt nur die Wahl zwischen Schmutz und Langeweile. (Schiller sagte »Sinnenglück« und »Seelenfrieden«.)

## Selbstmord

Die beiden großen Mächte, die uns zwingen, unser Dasein auch unter widrigen Umständen fortzusetzen, sind die Hoffnung und die Neugierde.

## Kritik

Die »parteiische«, »subjektive« Kritik ist die objektivste, sie ist die einzige objektive. Die Forderung, »unparteiisch zu sein«, ist gleich der Forderung, sich für eine Sache nicht zu interessieren. Der einzige Zugang zu einer Sache ist aber gerade das »vorurteilsvolle« Interesse.

## Evidenz

Jede neue Wahrheit beginnt als Anachronismus, sie wird erst langsam wahr. Es braucht immer eine gewisse Zeit, bis ihre Tiefe heraufsteigt, nach oben kommt und sichtbar, das heißt: oberflächlich wird.

## Fortschritt

Der Mensch nimmt zweifellos an Lächerlichkeit zu, das darf als ausgemacht gelten. Ein Mensch aus der Zeit der Sachsenkriege würde sich über einen modernen Europäer den Buckel vollachen. Für Kinder gibt es nichts Komischeres als Erwachsene. Aber wir machen es ja ebenso. Wir haben gegenüber allen Fortschritten des menschlichen Geistes, solange sie noch nicht dem breiten Durchschnitt der gerade vorhandenen Gehirne entsprechen, d.h. solange sie noch nicht von der Mittelklasse eingeholt sind, etwa dieselbe Haltung, wie der Bauer aus den »Fliegenden Blättern«, der sich über die Einrichtungen der »verrückten Stadtleut'« nicht genug lustig machen kann.

## Erkenntnis

Es steht nicht in unserer Macht, Irrtümer abzulegen, wie man Kleider ablegt, weil einem andere besser gefallen; sondern erst, wenn wir unsere Irrtümer nicht mehr brauchen, wenn sie wirklich »aufgetragen« sind, erst dann entsteht in uns die Kraft, sie abzulegen.

## Menschenmaterial und verschiebbare Letter

Die beiden anderen »Tendenzen des Zeitalters«: das Schießpulver und der Buchdruck haben zweifellos ungleich verderblicher gewirkt als die Alchimie. Durch den Gebrauch der Feuerwaffen ist ein Moment der Verpöbelung, Barbarisierung und Mechanisierung ins Kriegswesen gekommen, wie es bisher unbekannt war. Durch das Pulver wird der Mut demokratisiert, nivelliert, entindividualisiert. Der ritterliche Kampf, Mann gegen Mann, zu Pferde, mit besonderen Schutz- und Angriffsrüstungen, deren Handhabung Sache eines besonderen Talents oder doch zumindest einer durch Jahre und Generationen währenden Übung und Züchtung war, schuf eine bestimmte Gesellschaftsklasse, ja Rasse, deren Beruf der Mut war. Mit dem entscheidenden Auftreten der Feuertaktik und des Fußvolks hört der Krieg auf, Sache einer besonderen Menschenart, Gemütsanlage und Fähigkeit zu sein, der Mut ist allgemein geworden, das heißt: er ist verschwunden. Die Waffe ist nicht mehr ein persönliches Organ des Menschen, gleichsam ein Glied seines Körpers, sondern der Mensch ist ein unpersönliches Organ der Waffe, nichts als ein Glied der großen Kriegsmaschine. Hieraus folgt zweierlei: erstens eine viel größere Skrupellosigkeit und Brutalität in der Kriegsführung, da der einzelne nur noch ein leicht ersetzliches Teilchen des Ganzen, sozusagen ein Stück Fabrikware, ein leicht herstellbarer Massenartikel ist, und zweitens die Ausdehnung der Kriegstätigkeit auf viel größere Teile der Bevölkerung, schließlich auf alle. Der Begriff »Menschenmaterial« ist erst durch die Erfindung des Schießpulvers geschaffen worden, ebenso wie die allgemeine Wehrpflicht, denn eine allgemeine Pflicht kann nur sein, was jeder kann. Daher ist die Geschichte der Neuzeit die Geschichte der fortschreitenden Auflösung des Kriegsbegriffes, seines ursprünglichen Inhalts und Sinns. Die letzte Stufe dieser Selbstzersetzung bildet der Weltkrieg: der Krieg aus Geschäftsgründen.

Eine ähnliche mechanisierende und nivellierende Tendenz wohnt der Druckerpresse inne, die übrigens nie eine so allgemeine Bedeutung erlangt hätte, wenn ihre Erfindung nicht mit der Einführung guten und billigen Papiers zusammengefallen wäre. Gutenberg (oder wer es sonst war) zerlegte die Holztafeln, mit denen man zuerst Bilder, später Unterschriften und schließlich auch schon Bücher gedruckt hatte, in ihre einzelnen Bestandteile, die Buchstaben. Hierin liegt zunächst eine Tat des Individualismus, eine Befreiung aus der Gebundenheit, Assoziation und Korporation des Mittelalters. Die Elemente, die Zellen gleichsam, die den Organismus des Wortes, des Satzes, des Gedankens aufbauen, machen sich selbständig, freizügig, jede ein Leben für sich, unendliche Kombinationsmöglichkeiten eröffnend. Bisher war alles fest, gegeben, statisch, konventionell; jetzt wird alles flüssig, variabel, dynamisch, individuell. Die *verschiebbare Letter* ist das Symbol des Humanismus. Aber die Kehrseite ist: es wird auch alles mechanisch, dirigierbar, gleichwertig, uniform. Jede Letter ist ein gleichberechtigter Baustein im Organismus des Buches und zugleich etwas Unpersönliches, Dienendes, Technisches, Atom unter Atomen. Ähnliche Erscheinungen hat der neue Geist auch auf anderen Gebieten gezeitigt. Vom Kriegswesen sprachen wir soeben: jeder Ritter war eine Schlacht für sich, der Soldat ist bloß eine anonyme Kampfeinheit. An die Stelle des Bürgers tritt der Untertan, an die Stelle des Handwerkers der Arbeiter, an die Stelle der Ware das Geld. Alle vier: Soldat, Untertan, Arbeiter und Geldstück haben das Gemeinsame, daß sie gleichartige Größen, reine Quantitäten sind, die man nach Belieben addieren, umstellen und auswechseln kann. Ihr Wert wird nicht so sehr durch ihre persönlichen Eigenschaften als durch ihre Zahl bestimmt. Dasselbe zeigt sich auch auf dem Gebiet des Komforts und der ganzen äußeren Lebenshaltung. Der Mensch der Neuzeit hat praktischere Möbel, schnellere Fahrzeuge, wärmere Öfen, hellere Beleuchtungskörper, bequemere Wohnhäuser, bessere Bildungsanstalten als der mittelalterliche, und die und noch hundert andere Dinge garantieren ihm ein freieres, unbelasteteres, individuelleres Dasein: aber alle diese Möbel, Fahrzeuge, Öfen, Beleuchtungskörper, Wohnhäuser und Bildungsanstalten sind vollkommen gleich. Es muß eben in Natur und Geschichte immer für alles bezahlt werden. Es entsteht die *Individualität,* und es verschwindet die *Persönlichkeit.*

## Die Welt im Gaslicht

Die zweite Etappe des neunzehnten Jahrhunderts beginnt mit der Julirevolution vom Jahre 1830 und endet mit der Februarrevolution vom Jahre 1848. Diese Einteilung bietet sich als so selbstverständlich an, daß es kaum ein Geschichtswerk geben dürfte, in dem sie nicht angewendet wäre. Hieß die Parole der Romantik: weg von der Realität, weg von der Gegenwart, weg von der Politik, so lautet nunmehr das Schlagwort *Realismus*: das Denken und Fühlen des Zeitalters kristallisiert sich mit prononcierter Ausschließlichkeit um Fragen des Tages, und die europäische Seele stimmt ein millionenstimmiges politisches Lied an. Dieser lärmende Kampfgesang *mußte* sich erheben, den ganzen Erdteil erfüllend und alles andere übertönend; und daß er sich erhob, war zuvörderst das Werk jener, die ihn mit ebenso unklugen wie unmenschlichen Mitteln zu unterdrücken versucht hatten. In ihm sang das Fatum; aber garstig.

In diesem Geschichtsabschnitt wird Europa zum erstenmal häßlich. Wir sagten im ersten Bande, daß jeder historische Zeitraum in eine bestimmte Tages- oder Nachtbeleuchtung getaucht sei; diese Welt hat zum erstenmal eine künstliche: sie liegt im Gaslicht, das schon in den Tagen, wo der Stern Napoleons sich zum Untergang neigte, in London aufflammte, fast gleichzeitig mit den Bourbonen in Paris einzog und in langsamem und zähem Vordringen sich schließlich alle Straßen und öffentlichen Lokalitäten eroberte. Um 1840 brannte es überall, sogar in Wien. In diesem lauten und trüben, scharfen und flackernden, prosaischen und gespenstischen Licht bewegen sich dicke geschäftige Kellerasseln von Krämern, deren abenteuerlich mißgebaute Kleidung uns nur deshalb nicht voll zum Bewußtsein kommt, weil die unsrige von ihr stammt. Der Oberkörper steckt in der schlotterichten Röhre des Gehrocks, der den Frack in die heutige Rolle des Abendfestkleids verdrängt, der Hals in dem grotesken Kummetkragen. Das triste und unpersönliche Schwarz wird immer mehr dominierend, so daß alsbald jeder Mensch, der Anspruch darauf macht, für seriös zu gelten, einem Notar oder

Bestattungsbeamten gleicht; daneben ist nur noch das schmutzige Braun oder Grau zulässig, und höchstens die Weste prangt in allerhand (meist geschmacklosen) Mustern. Die Hosen sind lächerlich weit, gern abscheulich kariert, der »Steg« zieht sie nach Art der Reithosen über die Schuhe, wodurch ihre Fasson vollends unmöglich wird. Über dem Rock erhebt sich der Vatermörder, bis zum heutigen Tage Provinzkomikerrequisit, mit dem gestärkten und gefältelten Vorhemd, in dem zwei gänzlich unmotivierte Goldknöpfe stecken, und der unförmig breiten schwarzen oder weißen Halsbinde, in der zwei durch ein Kettchen verbundene Busennadeln sich höchst barbarisch ausnehmen. Dazu in Friseurlöckchen gebranntes Haar und bei der jüngeren Generation auch bereits allerhand absonderliche Haarbildungen im Antlitz: Backenbärte, Schifferbärte, Seehundsbärte, Bocksbärte, Henriquatres. Neu (zumindest in seiner Allgemeinheit) ist auch das geränderte Monokel am albern wirkenden breiten Band, das kein Dandy entbehren kann, und der »Cigarro«, der eigentlich die Urform des mexikanischen Tabakgenusses war, aber erst jetzt durch die Einführung des Deckblatts mit der Pfeife in siegreiche Konkurrenz tritt, in Preußen auf der Straße zuerst überhaupt verboten, dann durch Polizeiverordnung »wegen Feuersgefahr« in ein Drahtgestell gesperrt, von Byron besungen, von Heine refüsiert, von Schopenhauer beschimpft. Er verhält sich zur Pfeife wie die Nervosität der neuen schnelldenkerischen Zeit zur Behaglichkeit und Nachdenklichkeit der alten: man kann sich einen modernen Börsenmann nur schwer ohne eine dicke Zigarre vorstellen, aber unmöglich mit einer Pfeife. Übrigens wird erst durch die Zigarre das Rauchen salonfähig und verdrängt dadurch schrittweise das Schnupfen, das bisher gerade für elegant galt.

Auch die Damentracht ist durch einige recht unvorteilhafte Neuerungen charakterisiert. Zunächst gelangt wieder der unschöne Reifrock zur Herrschaft, wegen der Wülste aus *crin*, Roßhaar, die ihn in Fasson halten, Krinoline genannt, dem die drei- und vierfachen Volants noch eine besondere Plumpheit verleihen; er wirkt jetzt nicht mehr als bizarres, aber anmutiges Instrument der Koketterie wie der »Hühnerkorb« des Rokokos oder als Requisit steifer, aber stilvoller Grandezza wie der »Tugendwächter« der Gegenreformation, sondern in der neuen verbürgerlichten und materialistischen Welt als lästige und skurrile Aufdonnerung. Dazu treten allmählich die höchst unkleidsamen Knöchelstiefeletten und die Glacéhandschuhe, die erst jetzt das Naturleder allgemein verdrängen, obgleich die französische Erfindung des Lederglänzens bereits um 1700 von emigrierten Hugenotten über Europa verbreitet worden war: in ihrer Bevorzugung äußert sich die primitive Freude des Parvenüs an allem Satinierten. Das Haar wurde reizlos glatt gescheitelt, am Hinterkopf sehr hoch frisiert und mit monströsen Kämmen festgehalten, was man »chinesisch« nannte, oder in dicken geflochtenen oder gebrannten Wülsten rechts und links um die Ohren gelegt, was man »griechisch« nannte; auch lange Schmachtlocken, die zu beiden Seiten des Kopfes herabhingen, waren öfters Mode. Alles in allem genommen ist das weibliche Kostüm nicht annähernd so abstoßend gewesen wie das männliche, es ist aber auch für den Zeitstil niemals so bezeichnend wie dieses, und zwar ganz einfach deshalb, weil der Satz Weiningers, das Weib sei vom Manne geschaffen, seine sinnfällige Bestätigung unter anderem darin findet, daß der Mann das jeweils herrschende erotische Ideal und damit die Tracht bestimmt, während die Frau sich bloß passiv ausführend verhält; was sich auch darin zeigt, daß die Geschichte ihrer Kleidung überraschend geringere Variationen aufweist und nicht viel mehr ist als ein Turnus einiger viel rascher wechselnder; aber auch viel häufiger wiederkehrender Nuancen: der Länge der Schleppe, der Höhe der Frisur, der Kürze der Ärmel, der Bauschung des Rockes, der Entblößung der Brust, des Sitzes der Taille. Selbst radikale Revolutionen wie das heutige knabenhaft geschnittene Haar sind nur die »ewige Wiederkunft des Gleichen«: schon die italienischen und burgundischen Damen des fünfzehnten Jahrhunderts und die ägyptischen des Alten Reichs kannten die Pagenfrisur: die Sphinx trägt einen Bubikopf. Vor der historischen Phantasie taucht denn auch, wenn man sich den Zeitstil vergegenwärtigen will, fast immer zuerst das männliche Exterieur auf, weil es physiognomischer ist; und tatsächlich macht es auch stets die stärksten und charakteristischsten Veränderungen durch. Im Dreißigjährigen Krieg zum Beispiel hat alle Welt den Ehrgeiz, wie ein martialischer Landsknecht oder provokanter Raufstudent auszusehen; fünfzig Jahre später hat sich der wüste Haudegen in einen bedächtigen, würdevollen Kronbeamten oder Universitätsrektor verwandelt, der stets bereit scheint, eine Testamentseröffnung oder eine Disputation vorzunehmen; und nach weiteren fünfzig Jahren ist aus ihm ein fragiler, verzärtelter Knabe geworden, der an nichts zu denken scheint als an Amouren. Hält man aber die gleichzeitige Frauenkleidung daneben, so sind die Differenzen viel geringer und bisweilen nur von einem Kostümkenner herauszufinden: den Kardinalunterschied macht eigentlich nur die Verwendung des Puders und der Perücke, und auch diese beiden sind männliche Erfindungen.

Betrachtet man nun diese »Söhne der Jetztzeit« »mit Brillen statt der Augen, als Resultat der Gedanken einen Cigarro im tierischen Maul, einen Sack auf dem Rücken statt des Rocks«, wie Schopenhauer sie ohne Wohlwollen, aber recht zutreffend charakterisiert hat, in einer Kleidung, die an Geschmacklosigkeit nur noch von der nächstfolgenden übertroffen wurde, so muß man trotzdem sagen, daß sie einen sehr prägnanten, ausdrucksvollen Stil besaßen, nicht nur weil es, wie wir schon im vorigen Kapitel hervorhoben, ein stilloses Kostüm überhaupt nicht gibt, sondern weil auch gerade sie in der Gestaltung ihrer äußeren Lebensformen eine besondere Energie entwickelten. Es ist die Tracht, wie sie die zur Herrschaft gelangte Großbourgeoisie sich geschaffen hatte: sachlich, wirklich und unspielerisch und daher langweilig, undekorativ und phantasielos wie alles, was der Financier außerhalb seines Kontors tut; praktisch, plebejisch, von tierischem Ernst; eine Tracht für Verdiener, Buchmacher und Geschäftsreisende, die in Qualm und Ruß leben, für Händler und Journalisten, rasche plumpe Agenten des Warenverkehrs oder der Nachrichtenvermittlung. Die Verkleidung ist zur Kleidung herabgesunken.

## Lokomotive Nummer eins

Da die Menschen sich aber nicht bloß ihre Kleider machen, sondern auch ihre ganze übrige Lebensvisage bis zur Kontur ihrer Gesten und zum Profil ihrer Landschaft, so verändert sich überhaupt alles ins Nützlich-Häßliche. Durch die blühende Natur beginnen sich hastige schwarze Riesenschlangen zu winden, üble Dämpfe aus ihren Mäulern stoßend, zahllose Feuerschlote recken ihre grauen Hälse in den Himmel, und bald werden auch endlose Drähte, dubiose Zahlennachrichten surrend, dessen Ruhe stören. 1814 hatte Stephenson seine Lokomotive gebaut; aber erst das Walzen der Schienen, das 1820 gelang, machte die Erfindung praktikabel. Fünf Jahre später wurde zwischen Stockton und Darlington, zwei kleinen

Städten in der englischen Grafschaft Durham, die erste Eisenbahnlinie eröffnet, und noch heute ist auf dem Bahnhof von Darlington »Lokomotive Nummer eins« zu sehen, die Stammutter jenes Millionengeschlechts von fauchenden Landungeheuern; nach weiteren fünf Jahren verkehrten die Dampfwagen schon zwischen Liverpool und Manchester. Auf dem Kontinent kam es zunächst nur zur Anlage von ganz kurzen Strecken, die man ebensogut mit Pferden, ja zu Fuße hätte zurücklegen können: 1835 zwischen Nürnberg und Fürth, 1837 zwischen Leipzig und Dresden und zwischen Paris und Saint-Germain, 1838 zwischen Berlin und Potsdam, Wien und Wagram; man betrachtete die Neuheit anfangs nur vom Standpunkt der Unterhaltungskuriosität. In Amerika aber verkehrte 1839 zwischen Baltimore und Philadelphia bereits der erste Schlafwagen. Jenseits des Ozeans wurde auch das erste Dampfschiff erblickt: der »Clermont«, der 1807 auf dem Hudsonfluß von New York nach Albany fuhr, und der erste Meerdampfer: der »Phönix«, der die Verbindung zwischen New York und Philadelphia herstellte. Der erste überseeische Dampfer war die ebenfalls amerikanische »Savannah«, die 1818 in sechsundzwanzig Tagen die Strecke New York-Liverpool zurücklegte. England blieb nicht zurück: in dem Zeitraum zwischen dem Wiener Kongreß und der Julirevolution hatte es die Zahl seiner Passagierdampfer von zwanzig auf mehr als dreihundert erhöht und 1833 baute es den ersten Kriegsdampfer. Auf dem Rhein aber wurden Dampfer deutscher Provenienz erst 1825 in Betrieb gesetzt; in demselben Jahre lief bereits der erste englische Dampfer nach Ostindien. Zum großen Weltvehikel wurde das neue Verkehrsmittel durch die Erfindung der Schiffsschraube. Sie gelang bereits im Jahre 1829 dem Triestiner Joseph Ressel; aber die österreichische Polizei verbot die Probefahrten. In der zweiten Hälfte der dreißiger Jahre wurden die Versuche in England wieder aufgenommen, und dort ging, zehn Jahre nach Ressels Fiasko, der erste Schraubendampfer vom Stapel. Nun kam Deutschland langsam nach. 1842 wurde ein regelmäßiger Dampferverkehr zwischen Bremen und New York eröffnet, 1847 wurde die Hamburg-Amerika-Linie gegründet. Aber erst in der zweiten Hälfte des Jahrhunderts überflügelte der Steamer überall das Segelschiff: bis dahin hatte er noch vielfach mit dem Konservativismus des Publikums und der Trägheit der Regierungen zu kämpfen. Auf noch größere Widerstände stieß die Einführung der Eisenbahn. Als in Bayern die erste deutsche Linie gebaut werden sollte, gab die medizinische Fakultät zu Erlangen das Gutachten ab, daß der Fahrbetrieb mit öffentlichen Dampfwagen zu untersagen sei: die schnelle Bewegung erzeuge unfehlbar Gehirnkrankheiten, schon der bloße Anblick des rasch dahinsausenden Zuges könne dies bewirken, es sei daher zumindest an beiden Seiten des Bahnkörpers eine fünf Fuß hohe Bretterwand zu fordern. Gegen die zweite deutsche Eisenbahn, die von Leipzig nach Dresden lief, strengte ein Müller einen Prozeß an, da sie ihm den Wind abfange; und als sie einen Tunnel erforderte, erklärten sich die ärztlichen Gutachten gegen den Bau, da ältliche Leute durch den plötzlichen Luftdruckwechsel leicht vom Schlage gerührt werden könnten. Den entgegengesetzten Standpunkt vertrat der Kaiser Ferdinand bei der ersten österreichischen Linie Wien–Baden, indem er hartnäckig einen Tunnel verlangte, denn eine Eisenbahn ohne Tunnel sei keine richtige Eisenbahn. Der preußische Generalpostmeister Nagler warnte vor der Errichtung einer Linie zwischen Berlin und Potsdam, denn die Diligence, die er viermal in der Woche auf dieser Strecke verkehren lasse, sei ja schon halb leer, und auch der König meinte, er könne keine Glückseligkeit darin finden, daß man einige Stunden früher in Potsdam ankomme. Tieck, dorthin in Audienz berufen, weigerte sich, die Bahn zu benutzen und fuhr im Wagen neben ihr her. Auch Ludwig Richter war ein Gegner der Dampfwagen, Thiers prophezeite, ihre Einführung werde keine großen Veränderungen zur Folge haben, und Ruskin bemerkte: »Das Eisenbahnfahren sehe ich überhaupt nicht mehr als Reisen an; das heißt einfach, an einen andern Ort verschickt werden, nicht viel anders, als wäre man ein Paket.« Der Fürst von Anhalt-Cöthen dagegen war ein so begeisterter Anhänger der neuen Erfindung, daß er erklärte: »Ich muß in meinem Land auch so eine Eisenbahn haben, und wenn sie tausend Taler kosten sollte.« Seit etwa 1845 aber gab es schon allenthalben in Europa Eisenbahnen und Steamer, man verherrlichte die neuen Fahrzeuge in Abhandlungen und Gedichten, und alle Welt wurde von einem wahren Reisefieber erfaßt, das sich auch literarisch äußerte: Reisebilder, Reisebriefe, Reisenovellen waren das bevorzugte Genre der Autoren und Leser. Der dichtere, schnellere und tragfähigere Verkehr, den die Dampfkraft ermöglichte, wurde nicht, wie die meisten vorausgesagt hatten, der Ruin der übrigen Beförderungsmittel, sondern wirkte auf sie indirekt fördernd: zumal in Deutschland hatte er den Ausbau eines Chausseesystems zur Folge, wie es Frankreich schon seit Richelieu besaß. Das dritte große Ereignis auf dem Gebiet der Technik, der Erfindung des Dampfschiffs und des Dampfwagens mindestens ebenbürtig, war die Einführung der Steinkohle, eine Neuerung, die wiederum England am meisten zugute kam, das von diesem Brennstoff die größten Lager besaß und auch seinen Wert zuerst erkannte. Da es außerdem von Anfang an in der Entwicklung des Maschinenwesens an der Spitze gestanden hatte, so besaß es auch die erfolgreichen Mittel zur Gewinnung des neuen Energielieferanten, und es ergab sich die Wechselwirkung, daß die immer zahlreicheren Maschinen immer mehr Kohle förderten und die immer reicher geförderte Kohle die Erzeugung immer stärkerer Maschinen ermöglichte. Engländer waren auch Heathcoat, der 1833 den Dampfpflug erfand, und Nasmyth, der 1842 den ersten Dampfhammer baute.

## Die Schnellpresse

Die gewichtigste Maschine aber, die in jener Zeit geboren wurde, war die Schnellpresse, die, den bisher durch Handpressen betriebenen Druck selbsttätig und um ein vielfaches beschleunigt ausführend, zum erstenmal im Jahre 1814, natürlich wiederum in England, obgleich von einem Deutschen namens Friedrich König erfunden, zur Anwendung kam: das erste Zeitungsblatt, das keiner menschlichen Hand seine Herstellung verdankte, war eine Nummer der »Times«. Erst durch diesen Bund mit der Maschine erhält die Zeitung ihren universalen Machtcharakter: ein Wort, Wahrheit oder Lüge, fliegt in die große, stumm lauernde Spinne von Maschinerie es verschluckt, druckt, tausendfach vervielfältigt und in alle Räume speit, wo Menschen hausen: in die Bürgerdielen, in die Bauernschenken, in die Kasernen, in die Paläste, in die Keller, in die Mansarden; und das Wort wird zum Machtwort.

Langsam geht der Siegeszug der Presse von Westen nach Osten; von der englischen Insel zunächst nach Frankreich. Dort ist ihr gewaltigster Potentat Louis François Bertin, vierzig Jahre lang Herausgeber des »Journal des Débats«, unter Ludwig dem Achtzehnten bourbonisch, unter Karl dem Zehnten konstitutionell, unter Louis Philipp orleanistisch, von Ingres in einem genialen Porträt der Nachwelt aufbewahrt, das den Titel führen müßte: »die Macht der

Presse«; sein Blatt kann auch darum nicht übergangen werden, weil darin die Kritiken von Berlioz erschienen, die mit messerscharfer Analyse und Polemik das Programm der modernen Musik aufstellten. Ein anderer Großmeister des Zeitungsgewerbes war Emile de Girardin, der in der Mitte der dreißiger Jahre in seinem Organ »La Presse« drei entscheidende Neuerungen einführte: den Nummernverkauf an Stelle des bisherigen teuern Jahresabonnements, wodurch die Zeitung erst als Allerweltsartikel jenes Wesen von einzigartiger Zugänglichkeit und Zudringlichkeit wird, den Annoncen- und Reklamebetrieb, wodurch die Verbindung mit der anderen Universalmacht des Zeitalters, dem Merkantilismus, hergestellt wird, und den Feuilletonroman in Fortsetzungen, wodurch die Presse mit der Literatur verschmilzt. In der Tat haben fast alle französischen und viele englische Romanschriftsteller von Namen in dieser journalistischen Form ihre Produktion begonnen und nicht selten zeitlebens daran festgehalten. Sie bedeutet dadurch, daß sie zur groben Spannung und Zufallsarchitektur, hastigen Terminarbeit und stilistischen Oberflächlichkeit verleitet, zweifellos eine Degradierung der Erzählerkunst, übt aber andrerseits auf sie einen wohltätigen Zwang zur Popularität und verleiht ihr einen eigentümlichen Elan: die unvergleichliche Frische, die zum Beispiel Thackerays weltberühmte Snobporträts besitzen, ist sicher zum Teil darauf zurückzuführen, daß sie zuerst im »Punch« erschienen.

Deutschland blieb auch auf diesem Gebiet in der Entwicklung zurück. Dort gab es nur die offiziöse Presse, die übrigens ebenfalls eine französische Erfindung ist, denn das erste Organ dieser Art repräsentierte Napoleons »Moniteur«, indem er unter der Maske der Objektivität nur jene Nachrichten und Meinungen brachte, die die kaiserliche Regierung für nützlich hielt. Diese Institution baute Metternich aus, indem er in allen Hauptstädten Blätter ins Leben rief, die, scheinbar unabhängig, nur von oben Inspiriertes brachten; dabei verstand er es, viele von den publizistischen Talenten des Zeitalters teils durch Schikanen, teils durch Bestechungen in seinen Dienst zu bringen. Außerhalb dieser Zwangspolitik befaßten sich die Journale nur mit futilem Tagesklatsch. Hoffmann von Fallersleben hat den typischen Inhalt der damaligen Gazetten in Versen persifliert, die in ihrer stumpfen Harmlosigkeit selber ein Zeitdokument sind: »Portepeefähnrich ist Leutnant geworden, ein Oberhofprediger erhielt einen Orden, die Lakaien erhielten silberne Borten, die höchsten Herrschaften gehen nach Norden, und zeitig ist es Frühling geworden –wie interessant! wie interessant! Gott segne das liebe Vaterland!« Mit dem Auftreten der Dichterschule des »jungen Deutschland« begann aber, trotz aller Pressionen und Kastrationen, selbst im Gebiet des Deutschen Bundes die Zeitung jenen Geist der Aktualität und Politisierung zu verbreiten, der das Zeitalter charakterisiert, und jene Ubiquität eines unentrinnbaren Gefährten zu erlangen, der sich durch jede Tür zwängt, in jede Tasche schleicht und dem modernen Menschen ebenso unausstehlich und ebenso unentbehrlich ist wie dem Faust der Mephisto.

## Das Makartbukett

Die Menschen der siebziger und achtziger Jahre hatten in gewisser Hinsicht etwas Rührendes: sie waren von einem gierigen Durst nach Realität erfüllt, hatten aber das Malheur, diese mit der Materie zu verwechseln, die nur die hohle und täuschende Emballage der Wirklichkeit ist. Sie lebten daher dauernd in einer armseligen und aufgebauschten Welt aus Holzwolle, Pappdeckel und Seidenpapier. In allen ihren Schöpfungen herrscht die Phantasie der *putzenden Künste*: des Tapezierers, Konditors, Stukkateurs, die Phantasie der kleinsten Kombinationen.

An den Interieurs irritiert zunächst eine höchst lästige Überstopfung, Überladung, Vollräumung, Übermöblierung. Das sind keine Wohnräume, sondern Leihhäuser und Antiquitätenläden. Zugleich zeigt sich eine intensive Vorliebe für alles Satinierte: Seide, Atlas und Glanzleder, Goldrahmen, Goldstuck und Goldschnitt, Schildpatt, Elfenbein und Perlmutter, und für lauter beziehungslose Dekorationsstücke: vierteilige Rokokospiegel, vielfarbige venezianische Gläser, dickleibiges altdeutsches Schmuckgeschirr; auf dem Fußboden erschreckt ein Raubtierfell mit Rachen, im Vorzimmer ein lebensgroßer hölzerner Mohr. Ferner geht alles durcheinander: im Boudoir befindet sich eine Garnitur Boullemöbel, im Salon eine Empireeinrichtung, daneben ein Speisesaal im Cinquecentostil, in dessen Nachbarschaft ein gotisches Schlafzimmer. Dabei macht sich eine Bevorzugung aller Ornamentik und Polychromie geltend: je verwundener, verschnörkelter, arabesker die Formen, je gescheckter, greller, indianerhafter die Farben sind, desto beliebter sind sie.

Hiermit im Zusammenhang steht ein auffallender Mangel an Sinn für Sachlichkeit, für Zweck; alles ist nur zur Parade da. Wir sehen mit Erstaunen, daß der bestgelegene, wohnlichste und luftigste Raum des Hauses, welcher »gute Stube« genannt wird, überhaupt keinen Wohnzweck hat, sondern nur zum Herzeigen für Fremde vorhanden ist; wir erblicken eine Reihe von Dingen, die trotz ihrer Kostspieligkeit keineswegs dem Komfort dienen: Portieren aus schweren staubfangenden Stoffen wie Rips, Plüsch, Samt, die die Türen verbarrikadieren, und schön geblümte Decken, die das Zumachen der Laden verhindern; bildergeschmückte Fenstertafeln, die das Licht abhalten, aber »romantisch« wirken, und Handtücher, die zum Abtrocknen ungeeignet, aber mit dem Trompeter von Säckingen bestickt sind; Prunkfauteuils, die das ganze Jahr mit häßlichen pauvren Überzügen, und dünnbeinige wacklige Etageren, die mit permanent umfallenden Überflüssigkeiten bedeckt sind; Riesenprachtwerke, die man nicht lesen kann, weil einem nach fünf Minuten die Hand einschläft, und nicht einmal lesen möchte, weil sie illustriert sind; und als Krönung und Symbol des Ganzen das verlogene und triste Makartbukett, das mit viel Anmaßung und wenig Erfolg Blumenstrauß spielt.

Dies führt uns zu einem der Hauptzüge des Zeitalters: der Lust am Unechten. Jeder verwendete Stoff will mehr vorstellen, als er ist. Es ist die Ära des allgemeinen und prinzipiellen Materialschwindels. Getünchtes Blech maskiert sich als Marmor, Papiermache als Rosenholz, Gips als schimmernder Alabaster, Glas als köstlicher Onyx. Die exotische Palme im Erker ist imprägniert oder aus Papier, das leckere Fruchtarrangement im Tafelaufsatz aus Wachs oder Seife. Die schwüle rosa Ampel über dem Bett ist ebenso Atrappe wie das trauliche Holzscheit im Kamin, denn beide werden niemals benützt; hingegen ist man gern bereit, die Illusion des lustigen Herdfeuers durch rotes Stanniol zu steigern. Auf der Servante stehen tiefe Kupferschüsseln, mit denen nie gekocht, und mächtige Zinnhumpen, aus denen nie getrunken wird; an der Wand hängen trotzige Schwerter, die nie gekreuzt, und stolze Jagdtrophäen, die nie erbeutet wurden. Dient aber ein Requisit einer bestimmten Funktion, so darf diese um keinen Preis zum Ausdruck kommen. Eine prächtige Gutenbergbibel entpuppt sich als Nähnecessaire, ein geschnitzter Wandschrank als Orchestrion; das Buttermesser ist ein türkischer Dolch, der Aschenbecher ein preußischer Helm, der Schirmständer eine Ritterrüstung, das Thermometer eine Pistole. Das Barometer stellt eine Baßgeige dar, der Stiefelknecht einen Hirschkäfer, der Spucknapf eine Schildkröte, der Zigarrenabschneider den Eiffelturm. Der Bierkrug ist ein aufklappbarer Mönch, der bei jedem Zug guillotiniert wird, die Stehuhr das lehrreiche Modell einer Schnellzugslokomotive, der Braten wird mittels eines gläsernen Dackels gewürzt, der Salz niest, und der Likör aus einem Miniaturfäßchen gezapft, das ein niedlicher Terrakottaesel trägt. Pappendeckelgeweihe und ausgestopfte Vögel gemahnen an ein Forsthaus, herabhängende kleine Segelschiffe an eine Matrosenschenke, Stilleben von Jockeikappen, Sätteln und Reitgerten an einen Stall.

## Romantik

Je ferner wir einer Sache stehen, desto tiefer wirkt sie auf uns, desto poetischer erscheint sie uns. Die Natur hat immer etwas Poetisches, weil sie uns so fremd ist, weil wir so gar nichts von ihr wissen. Ein Tier ist schon nicht mehr so poetisch wie eine Pflanze, weil uns die Tiere etwas näher stehen. Aus demselben Grunde erscheint uns ein Kind poetischer als ein Erwachsener, ein fremdes Volk poetischer als das eigene, ein Toter poetischer als ein Lebender. Und dasselbe gilt natürlich von der Vergangenheit. Schon unsere eigene Vergangenheit hat einen eigentümlich halbromantischen Charakter: wir denken an frühere Erlebnisse, selbst wenn sie peinlich waren, immer mit einem gewissen Neid und finden, das Leben sei damals schöner gewesen.

## Die »deutsche Renaissance«

Diese angeblich so realistische Zeit hat nichts mehr geflohen als ihre eigene Gegenwart. Der berühmte Architekt und Lehrer der Baukunst Gottfried Semper stellte das Programm auf, der Stil jedes Gebäudes bestimme sich durch historische Assoziation: so solle ein Gerichtshaus etwa an einen Dogenpalast, ein Theater an eine römische Arena, eine Kaserne an eine mittelalterliche Befestigung erinnern. In Anlehnung an diese Prinzipien errichtete man zum Beispiel in Wien ein Rathaus, das wirkt, als ob es nach der Vorlage eines Kindermodellierbogens gebaut wäre, die Votivkirche, die wie ein Riesenspielzeug aus Zuckerguß aussieht, und vor dem Parlament eine enorme Pallas Athene, von der jedermann überzeugt ist, daß sie aus Stearin besteht. Als Gehäuse für die Londoner Börse wählte man (und zwar mit vollem Recht) einen veritabeln Tempel.

Ein Magistratshaus mußte immer gotisch sein, infolge einer (falschen) Assoziation von Mittelalter und Stadt, ein Abgeordnetenhaus immer antik, infolge einer (ebenso falschen) Assoziation von Altertum und Repräsentativverfassung, ein Bürgerpalais barock, offenbar weil man in diesem (gefälschten) Stil am protzigsten ornamentieren konnte, ein Bankhaus florentinisch, aus einem (vielleicht unbewußt) gefühlten Zusammenhang des modernen Börsenkondottieres mit der Amoralität des Renaissancemenschen.

Der geschätzteste Stil war aber nicht die italienische, sondern die deutsche Renaissance. Man versieht Türen, Fenster, Zierschränke mit Pilastern und Gebälk und bevorzugt das Cuivre poli, eine Legierung aus Kupfer und Zink, die schon im sechzehnten Jahrhundert vielfach verwendet wurde. Auch die beliebten Butzenscheiben und Lutherstühle, Sitztruhen und Bauernöfen, Sockel und Podeste, Gitter und Beschläge, Holzmalereien und Sinnsprüche, Brunnenmännchen und Leuchterweibchen wiederholen jene Zeit. Auf den Kostümfesten wimmelte es von Landsknechten und Ritterfräulein. Wir haben im ersten Band die Reformationsära als das Zeitalter der Völlerei bezeichnet, auch diese Jahrzehnte könnte man ähnlich benennen. Die Titelhelden der beiden Zeitalter, Bismarck und Luther, waren ungemein starke Esser und Trinker; und die kompakte Genußsucht der Gründerzeit war in der Dosierung der Speisen und Getränke um so skrupelloser, als das romantische Ideal des ätherischen Menschen, das im Vormärz geherrscht hatte, längst einer erotischen Auffassung gewichen war, die sich an Rubens orientierte. Vier Gänge zur Mittagsmahlzeit waren in wohlhabenden Bürgerhäusern das Gewöhnliche; bei festlichen Anlässen wurden daraus acht bis zwölf. Das Menü eines Banketts aus dem Jahr 1884 enthält zum Beispiel: gemischte Vorspeisen, Kraftbrühe, Seezunge, gedämpftes Huhn, gespickte Rindslende, Gefrorenes mit Kümmel (um neuen Appetit zu bekommen), Fasanenbraten, Yorker Schinken, Ananasbombe, Schweizer Törtchen, Nachtisch, Kaffee; ein »Kapitäns-Dinner« besteht aus: Hummercocktail, frischer Erbsensuppe, Rheinlachs, garniertem Kalbnierenstück, Austernpastete, Erdbeersorbet, Schnepfen mit russischem Salat, Ochsenzunge mit

Stangenspargel, Rehziemer mit Kompott, Rahmeis, Käseplatte, Früchten, Kaffee. Es herrschte auch tatsächlich eine innere Verwandtschaft zwischen jenen beiden Zeitaltern, die sich in einer Reihe gemeinsamer Seelenzüge ausspricht: ihrer Spießbürgerlichkeit und Schwerlebigkeit, ihrem Hang zum Verkräuselten und Endimanchierten, Kleinkram und Ornament, ihrem Mangel an Maß und Einfachheit, Rhythmus und Harmonie. Doch fehlt der Gründerzeit vollkommen jene selige Naivität, poesievolle Enge und bastelnde Verspieltheit, die die Welt Hans Sachsens und Dürers so anziehend macht und in den »Meistersingern« ein Denkmal von einer Kraft erhalten hat, wie sie nur die vergebliche Sehnsucht zu verleihen vermag.

## Der Eiffelturm

Auch die Weltausstellungen mit ihrem Prinzip des Bric-à-brac, der erdrückenden Massenwirkung durch Zusammenschleppen aller erreichbaren Raritäten, passen durchaus ins Zeitalter. Auf ihnen entstanden einige sehr charakteristische architektonische Schöpfungen: 1873 wurde in Wien die Rotunde errichtet (doch machte diese Ausstellung ein klägliches Fiasko, nicht nur wegen des Krachs und der Cholera, sondern auch weil die Stadt sich für den Empfang der vielen Gäste mit nichts gerüstet hatte als dem festen Willen, sie auszuplündern); 1878 erstand in Paris, als die Kopierwut schon über das Abendland hinauszugreifen begann, der Trocadéropalast im sogenannten »orientalischen« Stil, 1889, wiederum in Paris, der Eiffelturm, eine dreihundert Meter hohe Eisenkonstruktion von neun Millionen Kilogramm Gewicht, die auf ihrer ersten Plattform ein Variété, ein Restaurant und ein Café, in ihrem höchsten öffentlichen Raum, dem Aussichtssaal, noch immer Platz für achthundert Personen und darüber noch ein großes Laboratorium für Meteorologie und Astronomie enthält; dazu kamen ursprünglich Anlagen für optische Signale zu militärischen Zwecken, doch sind diese durch die inzwischen erfolgte Erfindung der drahtlosen Telegraphie gegenstandslos geworden. Für dieses berühmteste Bauwerk des Zeitalters ist es bezeichnend, daß es bei aller Riesenhaftigkeit seiner Dimensionen doch nippeshaft wirkt, was eben daher kommt, daß die subalterne Kunstempfindung der Epoche überhaupt nur im Genregeist und in Filigrantechnik zu denken vermochte; daher ließ es sich auch verkleinern und tatsächlich als Nippesgegenstand verwenden, was bei wirklich groß konzipierten Kolossalbauten unvorstellbar ist: die Sphinx wäre als Nußknacker, die Cheopspyramide als Nadelkissen unmöglich.

## Das Kostüm

In der Damenkleidung machte sich das Penchant für das »Altdeutsche« darin geltend, daß Ende der siebziger Jahre die Rembrandthüte auftauchten, Anfang der achtziger Jahre die Puffärmel und die Gretchentaschen; männliche Personen trugen gern zuhause und, wenn sie sich als Künstler fühlten, auch auf der Straße ein Samtbarett. Nach dem Zusammenbruch des Empire verschwindet die Krinoline, um einem noch groteskeren Kleidungsstück Platz zu machen: dem cul de Paris, der, in den achtziger Jahren enorm, bis 1890 herrscht, obschon mit Intervallen, in denen das später allgemein akzeptierte philiströse Prinzeßkleid erscheint; der Rock ist während des ganzen Zeitraums sehr eng, oft so anschließend, daß er im Gehen hindert; denselben Effekt haben die extrem hohen Stiefelabsätze. Seit 1885 beginnen sich die Puffärmel zu den abscheulichen Schinken- oder Keulenärmeln zu erweitern; auch der Kapotthut fällt bereits in diesen Zeitraum. Die Haare werden an der Stirnwurzel abgeteilt und als »Ponylocken« in Fransen nach vorn gekämmt. Vortäuschung eines abnorm entwickelten Gesäßes und zu hoher Schultern, chinesischer Watschelgang, Großmutterhaube, Schafsfrisur: man muß sagen, daß die damalige Mode alles getan hat um das Exterieur der Frau zu verhäßlichen. Zugleich setzte eine Prüderie ein, wie sie vielleicht von keiner bisherigen Zeit erreicht worden ist: weder von der Brust noch von den Armen durfte das geringste Stück zu sehen sein; die Waden, ja auch nur die Knöchel zu zeigen, war der »anständigen Frau« aufs strengste untersagt; auch im Seebad stieg sie von Kopf bis Fuß bekleidet ins Wasser; mit einem Herrn allein im Zimmer zu bleiben oder ohne Gardedame die Straße zu betreten, war ihr unter keinen Umständen gestattet; Worte wie »Geschlecht« oder »Hose« durften sich in ihrem Vokabular nicht vorfinden.

Die Herrentracht hat längst darauf verzichtet, ein Ausdruck des Zeitgefühls zu sein, und zeigt nur ganz unwesentliche Schwankungen. Ende der siebziger Jahre werden die Beinkleider vom Knie ab ganz weit und erhalten, trichterförmig über die Stiefel fallend, etwas Elefantenhaftes; später werden sie wieder ganz eng, indem sie wie Trikots anliegen: für einen Dandy war es damals keine Kleinigkeit, in seine Pantalons zu kommen. Das Offizierskorps machte diese Moden getreulich mit; und es ist bezeichnend, daß sogar dieser Stand von der Falschmünzerei des Zeitalters ergriffen wurde: sich schnürte, wattierte Brüste und Schulterstücke, erhöhte Stiefelabsätze und Perücken trug. Wie der gesamte Hausrat des Bürgers, so ist auch fast jeder Bestandteil seiner Toilette Surrogat: über dem Jägerhemd fingieren die umdrehbaren »Röllchen« und der auswechselbare »Serviteur« blütenweiße gestärkte Wäsche, die genähte Krawatte ahmt die geknüpfte nach, der Zugstiefel ist mit Scheinknöpfen versehen. Das »Toupet« war bei soignierten älteren Herren fast selbstverständlich, auch das Färben des Bartes, der nur an Priestern, Schauspielern und Lakaien vermißt wurde, sehr verbreitet. Nur das Genie entziehen. Als Moltke (der übrigens auch zu den wenigen Damaligen gehörte, die freiwillig rasiert gingen) von einem Hoffriseur, der ein Künstler seines Fachs war, ein vorzügliches Toupet geliefert wurde, sagte er indigniert: »Was haben Sie mir denn da gebracht? Das kann ich nicht aufsetzen, das hält ja jeder für echt.«

## Wilhelm Busch

Wie der deutsche Bürger in der zweiten Hälfte des neunzehnten Jahrhunderts ausgesehen hat, werden spätere Zeiten nur von einem Meister zuverlässig erfahren, der auf seine Weise auch eine Art »Gesamtkunstwerk« geschaffen hat: von Wilhelm Busch. Über ihn ist aber schwer etwas zu sagen. Ludwig Speidel bemerkt einmal über den Schauspieler Fichtner: »Sonst ist der Tadel die Handhabe, an der man auch das im Grunde Vortreffliche zu ergreifen pflegt; Fichtner aber, als eine durchaus abgerundete Erscheinung, ist so schwer zu fassen wie eine Kugel. Das Einfachste wäre, ihn in Bausch und Bogen zu bewundern, sich in Superlativen zu ergehen und die Ausrufungszeichen nicht zu sparen.« Ebenso verhält es sich mit Busch. Er ist die personifizierte Vollkommenheit; und man kann das eigentlich bloß konstatieren.

Nachdem sein Oeuvre jahrzehntelang als ein harmloses Kasperltheater gegolten hat, gut genug für die Kinderstube und den Nachmittagskaffee, ist es neuerdings Mode geworden, ihn als dämonischen Pessimisten und Nihilisten aufzufassen. Beides ist gleich irrig. Die unvergleichliche, undefinierbare Wirkung, die von Wilhelm Busch ausgeht, beruht einfach darauf, daß er niemals selber etwas macht, sondern das Leben machen läßt. Wirklichen Humor hat nämlich nur das Leben, und das einzige, was die Humoristen tun können, besteht darin, daß sie diesen Humor abschreiben. Das tun sie aber fast niemals, sondern sie denken sich allerlei verzwickte Situationen und Konflikte aus, die bar jeder echten Lustigkeit sind. Sie erreichen damit nur eine imitierte, konstruierte, zusammengeklebte Lustigkeit, die nichts Lebendiges und Überzeugendes hat, eine Panoptikumlustigkeit. Nehmen wir zum Beispiel jene Dichtung Buschs, die vermutlich seine allerbeste ist, obgleich sie verhältnismäßig am wenigsten bekannt ist: den Zyklus »Die Haarbeutel«. Busch schildert darin eine Reihe von typischen Formen der Betrunkenheit; es sind geradezu klassische Studien, bis ins kleinste Detail lebensechte Kopien der Wirklichkeit. Busch setzt nichts hinzu und nimmt nichts weg, er schreibt einfach ab, welche Komplikationen sich ereignen, wenn der Mensch betrunken ist. Er läßt den Humor des Lebens in sich einströmen, ohne etwas aus seinem eigenen Ich dazuzutun; denn das wäre nur eine Abschwächung. Er sitzt da und wartet, ob das Leben sich entschließen will, lustig zu sein: geschieht dies, so trägt er diese Lustigkeit einfach ein.

Andererseits gibt es eine ganze Reihe von typischen Redewendungen und Situationen, über die jeder, auch der Gebildetste und Feinfühligste, unwillkürlich lachen muß, ohne daß er damit im geringsten zu erkennen geben will, daß er diese Dinge für humoristisch oder gar für geschmackvoll hält. Wenn jemand sich neben den Stuhl auf den Boden setzt, so ist das zweifellos zum Lachen; noch lächerlicher wird die Wirkung, wenn ihm bei dieser Gelegenheit die Hose platzt. Gibt ein Mensch einem anderen eine kräftige Ohrfeige, so ist das unleugbar köstlich erheiternd; und wie erst, wenn es der falsche war! Wer auf der Bühne böhmisch, jüdisch, sächsisch radebricht, kann sicher sein, daß ihn, was er auch immer sage, wiehernde Fröhlichkeit begleiten wird. Aber mit Ausnahme der allerordinärsten Theaterbesucher findet das heute kein Mensch auf der ganzen Welt mehr im entferntesten komisch. Die Sache läßt sich vielleicht durch Atavismus erklären. Unsere rohen Vorfahren haben über diese Dinge wirklich ehrlich gelacht, und unser Zwerchfell hat sich nun diese Erschütterungsanlässe gemerkt. Da es sich hier aber gewissermaßen um ein peripherisches, ein vegetatives Lachen handelt, das unserer Willkür ebenso entzogen ist wie unsere Verdauungstätigkeit, so fühlen wir uns nachher tief beschämt und verärgert. Man wird daher beobachten können, daß bei derlei Albernheiten zwar sehr viel gelacht, aber sehr wenig geklatscht zu werden pflegt.

Wie bei allen großen Künstlern ist man auch bei Busch in Verlegenheit, wohin man ihn eigentlich rangieren soll. Ist das Primäre seiner Kunst die eminente zeichnerische Begabung, die eine ganz neue Technik der Karikaturistik geschaffen hat, nach der höchsten Kunstregel: »le minimum d'effort et le maximum d'effet«? Mit sechs Bleistiftstrichen umreißt er einen ganzen Lebenstypus, eine ganze Gesellschaftssphäre, ein ganzes Menschenschicksal. Ein gleichschenkliges Dreieck als Mund drückt mit der Spitze nach unten freudiges Entzücken aus, mit der Spitze nach oben herzliches Bedauern, ein schräges Linienpaar über den Augen ernsteste Bedenken, ein Punkt in der Mitte des Antlitzes bitterer Seelenschmerz. Oder war auch bei ihm im Anfang jene unbegreifliche Fähigkeit, der Sprache durch die allereinfachsten und allernatürlichsten Satzbildungen die ungeahntesten Wirkungen zu entlocken? Wie etwa in dem schlichten Referat: »Heut bleibt der Herr mal wieder lang. Still wartet sein Amöblemang. Da kommt er endlich angestoppelt. Die Möbel haben sich verdoppelt.« Die höchste Meisterschaft der Lautbehandlung zeigt er unter anderem auch in der Erfindung der Namen. Bisher hatte man die Komik auf diesem Gebiet in Begriffsassoziationen gesucht, was aber bloß witzig ist. So verfährt selbst Nestroy, wenn er zum Beispiel einen Wirt Pantsch oder einen Dieb Graps nennt. Buschs Namen hingegen sind gefühlsdeskriptiv, onomatopoetisch, sie malen nicht mit Anspielungen, sondern mit Klängen, wie dies der große Lyriker und das kleine Kind tut. Ein milder salbungsvoller Rektor heißt Debisch, ein barscher plattfüßiger Förster Knarrtje, ein grauslicher alter Eremit Krökel, ein dicker Veterinärpraktikant Sutitt, ein flotter Kavalier Herr von Gnatzel. Schon bei dem einfachen Namen Nolte steigt die ganz muffige und doch anheimelnde Hinterwelt eines kleinen deutschen Landnestes auf.

Man wird Busch vielleicht noch am ehesten gerecht werden, wenn man ihn einen großen Philosophen nennt. Sein frommer naturnaher Panpsychismus erinnert an Andersen. In der Beseelung aller Wesen und Dinge erreicht er das Äußerste. Gibt es eine rührendere oder intimere Tierbiographie als »Hans Huckebein« oder »Fips der Affe«? Neben ihnen schrumpft der dicke Brehm zum dürren Nachschlagewerk zusammen. In dem Gedicht »Die ängstliche Nacht«, dessen Anfangsverse soeben zitiert wurden, bildet das Mobiliar eine förmliche organisierte Gegenpartei, und zwar eine anarchistische: Kleiderhaken, Wanduhr und Stiefelknecht befinden sich in voller Revolution; der unparteiische Bericht über den Kampf mit den boshaften hinterlistigen Geschöpfen verursacht Herzklopfen. Zudem besitzen Buschs Porträts, wie gesagt, auch einen außerordentlichen kulturhistorischen Wert. Da steht er vor uns, der deutsche Philister, mit seinen Konventionen und Schrullen, seinen täglichen Wünschen und Meinungen, seiner Art zu gehen, zu stehen, zu essen, zu trinken, zu lieben, zu leben und zu sterben. Karikiert, und merkwürdigerweise: doch nicht im geringsten verzerrt, ein Gesamtbild, an dem die verstehende Güte ebenso mitgearbeitet hat wie die scharfe Kritik. Denn der Künstler kann nicht polemisieren, befeinden, er ist ein Verklärer und Rechtfertiger des Daseins, und wenn die Menschen und Dinge durch sein Herz hindurchgegangen sind, so kommen sie schöner wieder ans Tageslicht, als sie jemals vorher gewesen sind. Goethe war nur dadurch imstande, aus seinem Leben ein so vollendetes Kunstwerk zu machen, weil er es immer als berechtigt anerkannte, in allen seinen Bildungen: deshalb vermochte er es zu beherrschen. Shakespeare konnte nur darum die menschlichen Leidenschaften so faszinierend gestalten, weil er sie alle gelten ließ. Hätte er sich pharisäisch und hochnasig über seinen Falstaff gestellt und ihn als einen Auswurf der Menschheit betrachtet, so hätte er ihn niemals schildern können. Aber er hat ihn geliebt, in allen seinen Infamien, Hohlheiten und Verkommenheiten, und so wurde dieser miserable Kerl ein Liebling der ganzen Menschheit. Und er hat seinen Macbeth geliebt, seinen Jago, seinen Richard Gloster, all diese schwarzen Schurken waren ein Stück von seinem Herzen. Franz Moor dagegen wird an allen Ecken und Enden zur Psychose, wir glauben nicht recht an ihn. Und warum? Weil sein Erzeuger selbst nicht recht an ihn glaubte, weil er ihn nicht genug lieb hatte. Haßt der Zoologe den Maulwurf? Nein, das überläßt er dem Gartenknecht. Busch macht sich über den deutschen Bürger ununterbrochen lustig. Aber man hat alle diese Menschen gern: den Tobias Knopp, den Vetter Franz, den Balduin Bählamm, den Pater Filucius sogar. Das Gegenstück ist die Konzeption des goethischen Mephisto. Mephistos Ironie ist die echte satanische Ironie, die in der Bosheit ihre Wurzel hat, und darum kann sie auch nicht lachen machen; denn die Bosheit ist das Ernsteste und Traurigste, was es auf der Welt gibt. Und darum muß Mephisto immer wieder unterliegen, er ist zu ewiger Sterilität verurteilt. Denn der Haß ist niemals produktiv, sondern immer nur die Liebe.

## Nachwort

Lieber Leser!

Wenn schon ich mir so oft widerspreche, so ist es wirklich gänzlich überflüssig, daß auch du mir widersprichst!

## Über tredition

### Eigenes Buch veröffentlichen

tredition wurde 2006 in Hamburg gegründet und hat seither mehrere tausend Buchtitel veröffentlicht. Autoren veröffentlichen in wenigen leichten Schritten gedruckte Bücher, e-Books und audio-Books. tredition hat das Ziel, die beste und fairste Veröffentlichungsmöglichkeit für Autoren zu bieten.

tredition wurde mit der Erkenntnis gegründet, dass nur etwa jedes 200. bei Verlagen eingereichte Manuskript veröffentlicht wird. Dabei hat jedes Buch seinen Markt, also seine Leser. tredition sorgt dafür, dass für jedes Buch die Leserschaft auch erreicht wird.

Im einzigartigen Literatur-Netzwerk von tredition bieten zahlreiche Literatur-Partner (das sind Lektoren, Übersetzer, Hörbuchsprecher und Illustratoren) ihre Dienstleistung an, um Manuskripte zu verbessern oder die Vielfalt zu erhöhen. Autoren vereinbaren direkt mit den Literatur-Partnern die Konditionen ihrer Zusammenarbeit und partizipieren gemeinsam am Erfolg des Buches.

Das gesamte Verlagsprogramm von tredition ist bei allen stationären Buchhandlungen und Online-Buchhändlern wie z. B. Amazon erhältlich. e-Books stehen bei den führenden Online-Portalen (z. B. iBookstore von Apple oder Kindle von Amazon) zum Verkauf.

Einfach leicht ein Buch veröffentlichen: **www.tredition.de**

## Eigene Buchreihe oder eigenen Verlag gründen

Seit 2009 bietet tredition sein Verlagskonzept auch als sogenanntes "White-Label" an. Das bedeutet, dass andere Unternehmen, Institutionen und Personen risikofrei und unkompliziert selbst zum Herausgeber von Büchern und Buchreihen unter eigener Marke werden können. tredition übernimmt dabei das komplette Herstellungs- und Distributionsrisiko.

Zahlreiche Zeitschriften-, Zeitungs- und Buchverlage, Universitäten, Forschungseinrichtungen u.v.m. nutzen diese Dienstleistung von tredition, um unter eigener Marke ohne Risiko Bücher zu verlegen.

Alle Informationen im Internet: **www.tredition.de/fuer-verlage**

tredition wurde mit mehreren Innovationspreisen ausgezeichnet, u. a. mit dem Webfuture Award und dem Innovationspreis der Buch Digitale.

tredition ist Mitglied im Börsenverein des Deutschen Buchhandels.

## Dieses Werk elektronisch lesen

Dieses Werk ist Teil der Gutenberg-DE Edition DVD. Diese enthält das komplette Archiv des Projekt Gutenberg-DE. Die DVD ist im Internet erhältlich auf **http://gutenbergshop.abc.de**

MIX

Papier | Fördert
gute Waldnutzung

FSC® C083411

Zeitfracht Medien GmbH
Ferdinand-Jühlke-Straße 7
99095 Erfurt, Deutschland
produktsicherheit@kolibri360.de